방주로
오세요

방주로 오세요

초판 1쇄 발행 2012년 1월 31일
초판 10쇄 발행 2024년 7월 17일

지은이 구병모
펴낸이 이광호
펴낸곳 ㈜문학과지성사
등록번호 제1993-000098호
주소 04034 서울 마포구 잔다리로7길 18(서교동 377-20)
전화 02)338-7224
팩스 02)323-4180(편집), 02)338-7221(영업)
전자우편 moonji@moonji.com
홈페이지 www.moonji.com

ⓒ 구병모, 2012. Printed in Seoul, Korea

ISBN 978-89-320-2270-3 43810

이 책의 판권은 지은이와 ㈜문학과지성사에 있습니다.
양측의 서면 동의 없는 무단 전재 및 복제를 금합니다.

방주로
오세요

구병모 장편소설

문학과지성사
2012

차례

프롤로그　7
지상의 아이들　15
프락치의 조건　37
어떤 탐색전　71
소수 정예　89
더 이상의 증거는 없다　113
설탕이 녹기를 기다려　143
긴장이라는 이름의 다리　167
60억 개의 정의　185
딱지는 무엇으로 이루어져 있는가　201
당신이 잠든 사이에　227

작가의 말　245

프롤로그

눈앞에 보이는 천사들은 익히 보아온 후광이나 날개나 갑옷을 착용하지 않았고 르네상스기 인본주의 미학에 가까운 아기 큐피드처럼 묘사되지도 않았으며 한 무리의 히피족 같은 전위적인 차림새를 하고 있어서, 그 구도가 윌리엄 부그로William Bouguereau의 성화를 패러디한 것이 아니었더라면 천사인 줄도 몰라봤을 터였다. 이곳을 지배하는 정서와 신념에 비추어볼 때, 어째서 이런 이단(異端)스러운 조형물이 이곳에 있는지 마노는 알 수 없다.

그 천사들이 둘러싼 원형 금속 프레임 안에서 아날로그시계가 오후 3시 15분을 가리키고 있다. 무릎을 꿇은 채 마노는 천사에 신경을 집중하여 현실이 자신의 의지나 상황과 무관하게 다음 장면으로 지나가기를 기다린다.

그러나 무리 가운데 하나가 마노의 머리카락을 붙잡고 억지로 고개를 잡아 올려 벽면 대형 모니터에서 시선을 돌릴 수 없다.

눈과 입이 가려진 채 의자에 앉은 루비 옆으로 세 명이 둘러서 있는데, 교복 앞주머니에 수놓인 띠 색이 초록인 걸 보니 모두 2학년이다.

일락이 모니터 앞으로 다가가 교복 스커트 끝자락이 조금 말려 올라간 루비의 허벅지를 손가락으로 쿡쿡 찌른다. 화면에 비친 영상을 건드렸을 뿐이지만 그 손가락의 위치만으로도 모욕적이며, 일부러 그런 게 틀림없다고 마노는 생각한다. 저놈 졸업하기 전에 손가락 잘라버리고 만다.

"약속은 소중한 거니까."

지금까지 해온 짓들과 안 어울리게 윤리적인 한마디를 하더니 일락은 휴대전화 스크린에다 뭐라고 빠르게 두드린다. 전송 완료를 알리는 소리가 나고 얼마 되지 않아서, 화면에 비친 세 명의 감시자 가운데 하나가 몸을 움찔한다. 그가 바지 뒷주머니에서 휴대전화를 꺼내 보고는 친구들에게 고갯짓하자, 그들은 루비의 눈을 가린 안대와 입을 막은 수건과 등 뒤로 돌려 손목을 묶은 넥타이까지 차례로 푼다.

화면 속 루비는 아직 영문을 모르겠다는 표정으로 두 손과 입술을 파르르 떨다가 공포가 엷어지자 당장 눈에 띄는 대로 셋 중 한 사람의 얼굴에 주먹을 휘두른다. 이어서 옆 사람 배에다 발길질을 날리는데, 힘이 풀린 다리를 억지로 들어 올렸을 뿐이어서 타격은 크지 않아 보인다. 루비가 뭐라고 소리를 지르는데 볼륨을 죽여놔서 들리지는 않는다. 입 모양으로 봐서는 너네들 뭐야, 누구야, 였다가 놈들의 교표 색을 보고는 나한테 왜 이러는데요, 정도로 바뀐 듯하다.

세 사람이 루비한테 해코지를 하리라는 생각에 마노는 딱히 손쓸 도리가 없으면서도 반사적으로 몸을 일으키지만, 뒷덜미를 잡고 있던 이름 모를 2학년이 다시 무릎으로 등을 찍어 눌러 앉힌다. 쿵 소리와 함께 등줄기가 삐걱거리며 비명을 지른다.

고개를 돌려 일락을 바라보니 희미한 비웃음과 함께 이런 대답이 돌아온다.

"걱정 마. 쟤들은 내가 시킨 일 아니면 안 하는 데에 길이 잘 들어 있거든."

그 말대로 화면 속 두 사람이 각각 루비의 멱살과 머리카락을 붙잡았다가, 나머지 하나가 뭐라고 말리는 시늉을 하자 밀치듯이 놓아준다. 영문을 알 수 없는 루비는 계속 앙탈을 부리고 놈들의 정체와 원하는 게 뭔지를 물어보며 소리 지르는 모양이나, 그들이 루비를 교실 밖으로 끌어내어 화면에서 모두의 모습이 사라진다.

"그러면 이제 저쪽은 볼일이 끝났고."

일락은 천천히 소파 쪽으로 걸어온다.

"……루비는, 이제 어떻게 되는 거지."

악다문 입을 열었으나 분명 소리가 몸 밖으로 나왔을 텐데도 마노 자신의 귀에는 들리지 않고 다만 웅웅거리는 미약한 진동만 느껴진다.

"어떻게 되긴 뭐가 어떻게 돼. 저대로 돌아가서 입 닥치고 있으면 그만이지. 어디든 가서 꼰질러도 상관은 않겠는데 여기 너희들 말 믿어줄 사람 아무도 없다는 것만 알아라."

일락은 마노의 무릎 앞에 휴대전화를 던진다. 손바닥만 한 휴대전화 액정에 글자가 빼곡히 적혀 있다. 2학년 하나가 휴대전화 화면을 손가락으로 두 번 찍자, 꺼진 모니터를 배경으로 화면 속 내용이 확대되어 떠오른다.

"작아서 안 보일까 봐. 지금까지 말한 일에 대한 계약서야. 미안하지만 계약서 동시 두 부 작성, 이딴 거 없어. 네놈의 개인적이고 자발적인 신체 포기 각서나 다름없으니까. 추후에 내용이 궁금하면 언제든 열람하게 해주지."

마노는 화면에 뜬 내용을 읽어볼 기운도 안 나서 아무렇게나 고개를 끄덕이고 누군가가 휴대전화를 내미는 대로 손가락을 뻗는다. 휴대전화가 마노의 지문을 스캔하고 저장이 완료되었다는 메시지를 내보낸다.

"그런데 달랑 이걸로 끝이면 좀 심심하긴 하지."

긴장과 피로에 지친 마노의 머릿속에 떠오르는 거라곤 푹신한 매트리스와 거기 깔린 크림색 순면 시트뿐이어서, 그가 혈서 따위를 원한다면 차라리 얼은 손가락에 칼집을 내고 싶다는 생각마저 든다.

"그 자식 눈 가려."

일락이 명령하자 나머지 2학년들 가운데 하나가 목을 단정하게 묶은 넥타이를 푼다. 그게 눈에 닿기 전에 마노는 어깨를 흔들어 뿌리친다.

"나도 눈은 혼자 감을 줄 알아."

눈을 감자 히피 천사들이 어둠에 묻히고 마노는 이제 손가락에 칼날이 떨어지리라고 믿어 의심치 않는다.

그런데 아무리 기다려도 칼날이 칼집에서 밀려나오는 금속성은 들리지 않는다. 대신 가느다란 물줄기가 바닥의 어느 한 지점에 뿌려지는 소리뿐이다. 소리의 방향과 세기로 보아 그건 수직 하강이 아니라 허공에 완만한 포물선을 그리며 떨어지는 것으로 들린다.

"눈 떠."

벽 쪽 바닥에 조금 전에 막 뿌린 듯한 액체가 넓게 퍼져 있다. 2학년들이 마노의 어깨를 그리로 떠민다.

"뭐해, 핥아."

적갈색 리놀륨 바닥에 퍼진 게 무엇인지 확실치 않다. 일락은 한쪽 손 검지에 머그잔 손잡이를 걸고 달랑달랑 흔들고 있어서 머그잔 바닥에 몇 방울 커피가 남은 게 앉아서도 보이지만 그가 바닥에 버린 게 반드시 커피일 거라는 보장이 없다. 바닥에 퍼진 물은 냄새가 전혀 나지 않고 바닥 배경이 방해가 되어 분명치 않으나 색깔이 너무 진하지도 흐리지도 않다.

"핥으라니까. 안 들려? 다 먹어야 한다."

나머지 2학년들이 웃음을 참느라 어깨를 부들부들 떨고 있다. 마노의 온몸에 분포한 단기기억세포가 따끔거린다. 벨트의 버클을 여닫는 소리가, 지퍼가 오르내리는 소리가 있었던가? 있었거나 없었다. 처음부터 자신이 이 방에 들어왔을 적에 일락이 커피를 마시고 있었던가? 그렇거나 그렇지 않았다.
 "일체유심조는 알지? 무얼 핥든 간에 그건 네가 생각하는 바로 그거야."
 일락이 그렇게 말하며 머그잔을 좀더 눈에 띄게 흔들어 보이자 주위에 둘러선 2학년들의 어깨에 실린 경련이 더욱 격렬해진다. 일락이 마노 머리카락을 잡고 고개를 들어 올린다.
 "한 번만 더 얘기하게 만들면 개새끼처럼 멍멍 짖으면서 사 층 복도 한 바퀴 기어 다니기도 추가다."
 천천히, 마노는 바닥 가까이 얼굴을 가져가서 그것의 정체를 파악해보려 하지만, 긴장을 넘어 자포자기 때문에 후각이 마비되었는지 도무지 냄새가 나지 않는다. 커피라면 아무리 식어빠졌어도 최소한의 향이 남아 있을 터였고, 절반의 확률로 짐작하고 있는 그것이라 해도 역시 특유의 냄새가 날 터였다. 이건 색도 알 수 없을뿐더러 냄새와 점성을 비롯한 어떤 특징도 없어 보인다.
 눈을 감고, 해골바가지 속 물을 마신 승려를 생각하며 입술 사이로 혀를 조금 내민다. 혀끝에 닿는 액체에서는 아무 맛이 나지 않는다. 이대로 언제까지나 후각과 미각이 마비되어버렸으면. 혀는 턱 쪽으로 부드럽게 휘었다가 바닥을 핥으며 코 쪽으로 올라가기를 반복한다. 이건, 그냥 커피야. 커피다. 그래 커피. 해골바가지에서 막 떠낸 커피!

지상의 아이들

"그것은 주의 섭리였습니다."

이 대목에서 시장은 잠깐 침묵했다. 자신의 업적과 주의 역사하심에 대한 대중의 깊은 공감과 감격을 유도하려는 모양으로, 고개마저 숙이는 걸 보니 그대로 연설은 중단되어 기도와 찬양으로 이어질 기세였다.

신발 속에서 발가락을 꼼지락거리면서 지루한 시간을 견디던 마노가 주위를 둘러보니 다른 250명의 아이들 또한 금방이라도 실신할 것 같은 얼굴로 연설자를 바라보고 있었다.

다행히 시장은 기도를 맘속으로 짧게 마쳤는지 고개를 들고 말을 이었다.

"예고 없이 떨어져서 우리를 대혼란에 빠뜨린 그 조그만 운석 하나가 주의 심판이면서 보잘것없는 인간에 대한 시험이었다는 겁니다. 30년에 걸친 방주시 건설 프로젝트는, 비록 적잖은 시간이 걸렸으나 그만큼 우리가 살아갈 곳을 단단히 다지기 위함이었습니다. 도시 개발 계획 단계부터 이 뜻 깊은 상징만큼 적합한 이름은 없었다는 데 여러분도 동의하실 겁니다. 주께서 우리에게 노아의 방주 때와 같은 벌을 내리셨지만, 우리는 발전된 기술력을 응집하여 폐허가 된 땅 위에 새로운 도시를 건설했습니다. 그러나 이것은 결코 바벨탑처럼 어리석은 꿈을 꾼 게 아니라 주께서 내리신 시련을 겸허히 받아들이며, 새로 만들어주신 땅에 온전히 주의 뜻에 맞는 소박한 터전을 마련한 것이었습니다. 그러한 노력이 오늘날 이 도시를 이룩했습니다. 운석이 만들어낸 저주받은 땅이라고 불리던 이곳, 높이 일 점 이 킬로미터와 넓이 삼십구 점 오 제곱킬로미터에 이르는 이곳이, 한때 초토화되었던 삶을 뒤로하고 우리의 믿음과 또한 말씀과 함께 다시 태어난 것입니다."

어른들이 기립하여 보내는 박수와 사진기자들이 적절하게 터뜨리는 플래시에 의식불명 직전의 어린이들은 무릎에 떨어지는 고개를 간신히 들었다.

방주시 창립 기념일인 9월 1일에 맞춰 시에서는 이미 6개월 전에 3박 4일 일정의 기념행사 및 테마파크 이벤트 초대권을 지상의 2백여 가구에 뿌렸다. 초대권은 방주시 홈페이지의 댓글 신청자 가운데 컴퓨터로 50퍼센트 무작위 추첨하여 배포되었다고 한다. 50퍼센트 무작위란, 신청자들 가운데 웬만큼 솎아내기가 이루어진 다음에 추첨 프로그램을 돌렸다는 뜻으로, 체에 걸러지고 남은 사람들은 적어도 자녀가 한 명 이상 있어서 그 자녀와 함께 방주시를 방문할 수 있는 이들이었다. 마노와 루비를 포함해서 250명의 어린이들은 좌석 뒤쪽에 자리한 약 450명의 부모가 데리고 온 것이다.

기념식이 끝난 뒤 이벤트 참가 가족들은 조별 일정에 따라 장소를 옮겨 갔다. 일정은 모두 같은 코스지만 같은 장소에 인파가 밀집되지 않도록 조마다 일정표에 적힌 순서가 달랐다.

엄마 옆에서 양손을 주머니에 찔러 넣은 마노와 아빠와 팔짱을 낀 루비는 가이드를 따라 이동했다. 가는 동안 엄마는 휴대전화 화면을 손가락으로 찍으며 일정과 코스를 확인하고 있었다.

9월 1일	방주시 창립기념행사 기상관제센터 방문
9월 2일	방주시 중앙도서관 방문 에너지 공급과 생성 및 관제 연구소 방문 시나이 광장 자유 일정
9월 3일	물자 공급 및 교역센터 방문 방주고등학교 방문 및 강연 로데오 거리 자유 일정
9월 4일	도시 중앙컴퓨터관제센터 방문 귀가

"창세기 육 장 십구 절에서 이십 절, 하나님께서 노아에게 배 안에 들어올 수 있는 것들을 가르쳐주셨고, 노아는 그대로 순종하였습니다. 그 말씀 그대로 우리는 이 거대한 배를 개방할 계획입니다.

뒤에 앉아 계신 우리 부모님들은, 자녀들에게 이 웅장한 도시의 기적을 보여주시고 선명히 각인하도록 도와주십시오. 누구든지 원하는 자, 그 가운데 특히 능력 있거나 성실한 자들은 이곳의 시민권을 얻을 수 있습니다. 여러분 자녀들이 바로 그 주인공입니다. 이 앞에 앉아 있는 어린이들은 이곳에 반짝 관광을 하러 온 게 아닙니다. 신기한 구경을 하러 온 게 아니에요. 앞으로 이 도시를 함께 발전시키고 최첨단의 도시가 제공하는 양질의 삶을 누릴 자격을 얻는 걸 목적으로 해야지요. 그걸 위해 일 차로 학교 입학 제도부터 갖춘 겁니다. 우수한 재능을 가진 인재들이 도태되는 일이 없도록, 우리 방주 고등학교는 입학 정원의 십 퍼센트를 지상의 중학생들에게 할당할 것입니다. 능력 있는 중학생이라면 누구든지 자유롭게 여러 가지 선택 전형으로 경쟁할 수 있고, 이들은 입학과 동시에 시민권을 얻게 됩니다. 당연히 그 시민권은 각별히 불미스러운 사건을 일으키지 않는 이상 본인이 원할 때까지 평생 유지되고요. 전형 방법은 앞서 내려받으신 어플리케이션에 자세히 나와 있으니 이 시간 이후에 개별적으로 휴대전화를 통해 확인해보시기 바라며, 문제가 있거나 이해할 수 없는 부분은 관광 기간이 끝난 후에도 상시 문의해주십시오. 이 특별 전형 학생들에게는 전원 삼 년간의 장학금이 제공되고, 개인 성과에 따라 졸업 후 최상위 레벨의 대학에 진학할 때 가산점이 주어지며 대학 졸업 및 취업 후에도 이 꿈의 도시의 주춧돌로 살아갈 수 있습니다. 무엇보다 다이아몬드 원석이 채 다듬어지지 않은 재능을 가지고서 최고 수준의 교육을 받음으로써, 이 좁은 우물을 벗어나 지구에 유용한 인재로, 더불어 주님의 말씀을 실천하며 인류에 봉사하는 사도들로 하나하나 다시 태어날 절호의 기회라고 할 수 있습니다. 오늘 이 자리에 함께하신 여러분은, 이벤트가 끝나고 돌아가신 뒤라도 주위 분들에게 이 사실을 널리 알려주십시오. 방주고는 언제나 일류를 지향하며, 일류인 여러분을 모시기에 항상 문을 열어놓고 있으니 이 소중한 기회를 놓치는 일이 없기를 바랍니다."

방주고등학교 교감의 인사말이 끝나자 학부모들은 박수를 보냈다. 교감은 손을 조금 들어 답해 보이고는 신도의 죄를 사하는 듯한 종교개혁 시대 성직자 같은 몸짓으로 팔을 벌리며 제일 앞자리에 앉은 루비와 마노의 부모에게 다가왔다. 안쓰러워 보일 만큼 연극적인 동작이었으나 그로서는 친근감을 표하여 분위기를 부드럽고 자연스럽게 유지하고자 하는 최선의 퍼포먼스인 것처럼 보였다.

"그렇지요, 바로 이런 아이들이 미래 우리 도시의 인재가 되는 것입니다. 정말 아이들이 하나같이 보석 같군요. 이 두 아이는 형제인가 봅니다."

교감이 앞으로 다가와 친한 척하자 엄마는 미소를 머금어 보였다.

"한 부모에 아이 하나를 보기에도 힘든 요즘 세상에 아들딸 형제를 낳아 키우시니 보기 좋습니다. 이렇게 미래의 인재를 낳아주셔서 제가 대신 감사드리고 싶습니다. 어머님. 어느 쪽이 맏이인가요?"

아빠가 루비 머리를 쓰다듬으며 대답했다.

"애가 오 분 먼저 태어난 누나지요."

교감은 이번에도 과장된 감탄의 몸짓을 지어 보였다.

"게다가 쌍둥이. 애쓰셨습니다. 아이들이 반짝반짝 빛이 나고 다들 곱게 생겼습니다…… 아니, 그런데 남동생은 어디를 좀 다쳤나요?"

마노는 자신이 지목된 게 못마땅해서 손바닥으로 뺨에 붙은 반창고를 가리고 공연히 딴 데를 보았다. 대신 루비가 기다렸다는 듯이 끼어들었다.

"얘가요, 어제 시나이 광장에 갔다가 거기서……"

"쉿! 가만있어."

엄마가 둘째손가락을 입술에 힘 있게 대며 루비를 노려보자, 아빠도 루비에게 눈짓하며 방어적인 자세로 끌어당겼다. 교감 또한 성가실 법한 이야기는 듣고 싶지 않다는 듯 이미 다음 학부모에게로 발길을 반쯤 돌리고 있었다.

"예, 뭐 어릴 때는 다 그렇게 장난도 치고 씩씩하게 놀고, 또 그러다 다치고 하는 법이지요…… 내내 화목하시길, 또 이곳에서 다시 뵙게 되길 빕니다. 자 그리고 이쪽은…… 여기 공주님은 아주 어려 보이네요. 한 일곱 살쯤 되었을까요. 우리 다시 만나려면 좀 있어야겠군요."

교감의 목소리가 멀어지자 루비는 중얼거렸다.

"왜 말하면 안 된다는 거야. 저 교감 선생님도 엄연히 이곳 사람이잖아. 선량한 관광객이 광장에서 나쁜 놈들을 만나서 봉변을 당했는데, 이곳 치안이나 좀 어떻게 해보고 인재 운운해야 할 거 아냐?"

아빠는 어제 일을 떠올리곤 씁쓸한 표정을 지었으나 별다른 수도 없고 대신 무한한 이해와 포용의 미소를 띠며 분기충천한 딸의 어깨를 두드렸다.

"그냥 잊어라. 치안을 들먹이기에는 다 같이 어린애들이었지 않니. 어린애들이 사소한 시비 붙는 것까지 도시 치안 영역에 넣는 경찰이 어디 다른 데는 있는지 찾아봐라. 맘먹고 삥 뜯던 아이들이었으면 얘기가 달랐겠지만 서로 몸 부딪친 김에 옥신각신하는 정도는 세상 어딜 가든 있다. 관광 코스가 겹친 다른 팀의 아이들이었을지도 모르고."

"그건 절대 아냐. 뭐라고 했는지는 정확히 기억이 안 나는데 하여튼 걔들이 우리 무시하는 말을 했잖아. 우리랑 같은 데서 온 관광객들이면 그럴 이유가 없지. 마노 얘가 만만해 보이니까 작정하고 들이받은 거야."

누이의 깔보는 듯한 말에 마노는 눈살을 찌푸리며 덤벼들 기세였지만, 엄마는 뒤에 이어질 교감의 추가 설명을 놓치지 않기 위해 남매의 손을 한 쪽씩 잡고는 상황을 정리했다.

"그만하자. 그게 자존심 상하고 억울하다면…… 그래, 너희들도 여기 시민권을 얻으면 그만이야. 다시 여기 입성하려면 방주고 학생이 되는 게 가장 좋은 방법이겠지. 마노, 들었어?"

"엄마가 꿈꾸는 건 자유인데. 오늘 말하는 것부터 들어보세요. 지상의 십 퍼센트나 되어야 여기 올까 말까 하다잖아, 지금."

"너희가 그 십 퍼센트가 되지 말라는 법은 어디 있어. 이마노!

고개 좀 똑바로 해봐. 아직도 이러고 있네. 너 엄마 말 들었어?"
 마노는 어제 다친 데가 지끈거리는데다 열도 나는 바람에 엄마와 루비의 말을 외면하고 앉아서 잠든 척했다. 마노의 머릿속은 아직 어제의 시나이 광장에 머물러 있었다.

 호텔에서 조별 저녁 식사를 마치고 광장에 나갔을 때였다.
 마노는 하늘을 올려다봤지만 덜 마른 도화지에 붓 끝으로 암청색 점을 찍은 듯 퍼져나가는 어둠의 성분과 발색이 인공적이라고 생각했다.
 그도 그럴 것이 거대한 돔으로 도시 전체가 감싸여 있었다. 도시 설계에 참여한 디자이너 가운데 한 사람이 돔의 투명도와 자동 세척 시스템에 대해 설명해주었지만, 이곳에서 제대로 된 사물의 색깔을 인식하기란 불가능에 가까워 보였다. 색깔은 빛의 파장을 전제로 하는 만큼 직접적인 태양 광선이 관건인데, 이곳에 떨어지는 빛은 돔을 투과하기에 미세하게 왜곡되었다.
 도시에 존재하는 공기 분자 하나하나, 머리카락을 간질이는 바람 한 점, 이마에 문득 떨어지는 비 한 방울, 햇빛의 각도와 복사량, 모두 기상관제센터의 슈퍼컴퓨터가 함수 계산에 따라 만들어내는 것이었다. 사람들 삶의 질적 향상과 최소한의 인문학적 정서 보존을 위해 기상 현상은 불규칙하게 프로그래밍 되어 있었지만, 이곳에서 벌어지는 모든 사물과 사건의 본질은 결국 계산에 있었다. 이곳 사람들은 뜻밖의 비를 만나 겉옷을 뒤집어쓴 채 펄럭이며 뛰어갈 일이 없었고, 설령 그런 일이 있다 하더라도(그날따라 일기예보를 못 들은 척 공연히 소독된 비라도 맞아보고 싶은 감수성 풍부한 인간이나, 남들이 우산을 준비할 때 작정하고 빼먹는 인간이 있다면) 그것이 조작이나 일종의 약속임을 모두가 알 터였다. 현상은 조작할 수 있지만 감성은 그리 즉물적일 수 없다는 사실도.

홀로그램으로 이루어진 광장 바닥에는 센서가 깔려 있어서, 기본 배경화 외에도 사람들의 발길에 젤gel과 같은 형태의 색 그림자가 따라다녔다. 수분 간격으로 바뀌며 바닥에 떠오르는 거대한 무늬는 그저 무심히 볼 때는 미스터리 서클이나 나스카의 지상화 비슷하게 기하학적이고 추상적이었지만, 홈페이지에서 전체 조감도로 내려다보면 성서에 나온 여러 일화들을 표현한 것으로서, 물 위를 걷는 예수를 비롯하여 산상수훈[1]장면 등이 나타났다. 그 무늬 사이사이로 바닥에 점점이 박힌 조명이 탄광에 묻힌 금가루처럼 반짝이다 사라지기를 반복했는데, 불이 들어왔을 때의 모습은 검은 도화지에 드리핑dripping 기법으로 뿌려진 황금빛 색료 같았다.

중앙에는 거대한 배 모양의 분수가 있었다. 조명이 배의 테두리와 그 안에 담긴 장식들 속에 내장되어 광장을 밝히고 있었으며, 한없이 감로수를 뿜어내는 듯한 분수는 만개한 꽃 모양으로 빠르게 흐르면서 투명한 젤리처럼 흔들려 빛을 이지러지게 하고 광장 바닥을 적신 다음 다시 바닥의 배수구로 빨려 들어가는 순환을 계속했

---

[1] 山上垂訓: 마태복음 5~7장에 실린, 산 위에서 군중에게 행한 예수의 가르침.

다. 배를 둘러싼 조각은 모세가 방주에 태웠다는 주요 동물들의 모습을 형상화한 것이었다.

분수를 중심으로 하여 반원형 노천 층계가 네댓 단 올라가도록 되어 있었는데 사람들이 대부분 의자로 쓰고 있었다. 층계 위로 조성된 건물들은 중앙관공서와 중앙은행, 교회, 미디어 사와 호텔 들이었다.

미디어 사 앞에는 시 발급 허가증을 눈에 잘 띄게 부착하고 외관의 규격이 통일된 노점상들이 몇 눈에 띄었다. 호텔 1층 로비는 카페테리아였다. 둥근 아치 모양으로 팽팽하게 천막을 씌운 앞마당까지 자리가 마련되어 있었으며, 카페테리아 외벽에는 골에 어두운 색을 입힌 섬세한 당초문이 새겨져 있었다. 호텔 꼭대기에는 호화로운 조각에 어우러진 대형 아날로그시계가 방주시의 현재를 명료하게 표시하고 있었으며, 조금 떨어진 곳에 있는 연단(鍊鍛)교회는 웅장한 환상형 궁륭과 그것을 지탱하는 플라잉 버트리스[2]가 조화를 이루며 하늘을 수놓고 있었다.

이탈리아, 프랑스, 독일에서 활동하는 교포 건축가들이 모여 디자인했다는 이 도시의 건물들은 때론 추상적이면서도 기묘한 아름다움과 건조하고 차가운 이성이 적절히 어우러진 감성을 보였다. 정제된 인공미, 무질서에 가까운 분방함이 패치워크[3]와 같은 리듬

---

2) flying butteress: 고딕 건축 양식의 하나로 건물 외벽 상부로부터 옥외 쪽의 버팀벽을 향해 드리워진 아치형 구조물.
3) patchwork: 여러 색과 모양을 가진 헝겊 조각을 이어 새로운 모양을 만드는 공예 기법.

을 갖고 공존한 상태로, 건축 일을 하는 마노 아빠는 바라보기만 해도 영감이 폭풍처럼 솟아날 것만 같다고 했다.

그러나 열광적으로 사진을 찍던 아빠는 영감을 얻기 전에 니코틴 부족으로 쓰러질 것 같다며 공기정화시스템이 돌아가는 흡연 구역으로 모습을 감췄고, 엄마와 루비는 카페테리아에 아이스크림을 사러 갔으며 마노는 혼자 가족을 기다리고 있었다.

도시 창립기념일인데다 관광객이 한꺼번에 모여들어 광장의 저녁은 활기에 넘쳤다. 사람들은 엔진오일을 갈고 충전된 배터리를 장착한 것처럼 의욕적으로 움직이며 서로 모르는 이들끼리 어깨를 스쳤다. 차림새와 소품이 관광객 티가 나는 사람들을 제외하고도, 불과 작년 11월부터 입주가 시작된 도시라고 보기 힘들 만큼 많은 사람이 광장을 채웠다. 누군가 자꾸만 폭죽을 쏘아 올려 광장 하늘에 오색 비가 내렸다.

마노는 말없이 분수대 옆에 기명절지화(器皿折枝畵)의 일부처럼 서 있었다. 루비가 한자리에 오래 머물지 못하고 이곳저곳 쑤셔대면서 그것을 고유의 발랄함이라고 주장하는 반면, 마노는 신중한데다 정적이었다. 때문에 마노는 그대로 과일이나 질그릇처럼 가만히 서서 가족을 기다릴 수 있었다. 불필요하게 커다란 동선을 그리며 광장을 가로지르던 서너 명의 아이들이 어깨를 밀치기 전까지는.

"아, 좀 안 비켜?"

하는 소리와 함께 갑자기 등을 떠밀린 마노는 영문 모르는 채 앞으로 쏠려 네댓 걸음을 디뎌 섰다. 그 바람에 작고 가벼운 마노의 몸은 앞쪽 대각선 방향에서 지나가던 다른 아이한테 부딪쳐 엉켰다. 마노를 밀쳤던 무리는 뒤엉켜 넘어진 아이들을 보고는 손가락질하며 박수와 함께 웃어댔다.

"그러게 진작 비키랄 때 안 비키고, 촌놈 새끼가."

그들은 불규칙한 성징의 돌출로 인해 덩치가 들쑥날쑥했지만 다들 적어도 중학생쯤 되어 보였다.

네놈들이 넓은 길 놔두고 이쪽으로 쑤시고 들어온 거잖아. 그러나 마노는 자기가 울컥하는 대로 대거리하기는 힘든 상대들이라고 즉시 파악했다. 아빠가 있는 데로 가는 게 낫겠다고 생각하며 몸을 일으키자 함께 넘어졌던 여자애가 비명을 질렀다.

"아!"

마노가 내려다보니 옷 단추에 여자애의 머리카락이 걸려 머릿살을 잡아당기고 있었다.

당황하여 마노가 머리카락을 푸느라 쩔쩔매는데 다급해서 잘 안 되고, 여자애도 얼굴을 찡그린 채 자기도 그걸 푸는 데 가세하느라 둘의 손가락이 공연히 얽히는 바람에 광장 한가운데에서 꼴만 우스워졌다. 가만있던 사람을 밀친 이유가 아무래도 바빠서는 아닌 듯, 놈들은 그걸 보고 비웃느라고 자리를 좀체 뜨지 않았다.

"잘한다, 잘해."

"그대로 떡이나 한판 치면 되겠네."

그 순간 손가락 관절을 몇 개쯤 꺾는 듯한 뚝 소리와 함께 마노는 가슴팍을 떠밀렸다.

"다시 말해봐."

여자애가 낮고 차가운 목소리로 조용히 말하며 그들에게 다가갔다. 마노의 옷 단추에 여자애의 곱슬곱슬한 머리카락이 한 줌 가까이 걸려 있었다.

"다시 말해보라니까."

무리 중 하나가 부스스해진 여자애의 머리카락을 잡아당기고는 그것을 일부러 천천히 위아래로 흔들었다.

"어디서 콩알만 한 게 목소리 깔고 무게를 잡아, 잡긴. 말 못할 것 같지? 얼굴도 뭣 같은 게 아가리 닥치고 치던 떡이나 마저 쳐라, 응? 조져버리기 전에."

그러자 누구 하나 말리거나 피할 틈도 없이 여자애가 상대의 얼굴을 쳤다. 작고 가냘픈 주먹이 허공에 그리는 유려한 곡선은 마노의 뇌리에 우아한 슬로모션으로 저장되었다. 타격 자체는 약하나 끼고 있던 반지의 돌출된 거미발 부분이 살을 제대로 찍은 모양으로, 상대는 여자애의 머리카락을 놓고 자기 광대뼈를 감쌌다.

"아, 이게 쳤어 씨."

마노는 다음에 벌어질 일을 본능적으로 감지하며 자기도 모르게 그 사이로 몸을 날렸다. 날아오던 상대의 주먹이 마노의 얼굴에 꽂혔다. 이제 나머지 녀석들이 한데 뛰어들어 패싸움이 될 판이었다.

그때 마노의 아빠가 다가왔다. 하지만 그들은 몸을 움츠리는 일 없이 여유롭게 자리를 뜰 몸짓을 하기 시작했다.

"너희들 뭐야, 왜 그래?"

마노 아빠가 돌아서려는 아이들의 앞을 가로막아 섰다. 그들은 건들거리면서 이제 막 시작된 변성기로 인해 바람 섞인 쇳소리처럼 들리는 목소리로 퉁명스럽게 말을 잘랐다.

"아, 관광객은 빠져요 좀."

"관광하러 왔으면 관광이나 하시지."

"오늘 물 더럽게 안 좋네, 사방이 지상에서 온 것들 천지라서."

젊은 날 내내 카티아CATIA나 폼지formz의 작업 화면 앞에서 태블릿과 3D 도면만 붙잡고 살아온 아빠는 그들의 말에 충격을 받은 듯, 어쩔 줄 몰라 하며 몇 마디 더듬거리기만 할 뿐이었다.

"이, 이 녀석들이 정말, 어른한테 그, 그따위로, 도대체 부모가…… 너희들이 애 괴롭힌 거 아냐? 너희들 여기 살아?"

"아, 냅둬요."

"남이사."

"아저씨네 이제 좆됐다. 여기 다 찍히는 거 모르죠?"

"좋은 말로 할 때 우리 건들지 마요. 사방에서 카메라가 돌아가는데."

적반하장이었다. 카메라에 찍혀서 불리한 건 너희들 아니냐고 묻기도 전에 그들은 키득거리며 그제야 잊고 있던 바쁜 볼일이 생각났는지, 광장의 소유권이라도 주장하는 듯한 몸짓으로 크게 중앙을 가로질러 떠나버렸다.

그때는 이미 엄마와 루비가 양손에 형형색색의 젤라또 콘을 들고 다가와 있었다. 둘은 무슨 일인지 몰랐지만 주위에 눅눅한 분말처럼 진득거리며 떠도는 불쾌한 공기는 느낄 수 있었다. 루비가 아빠를 팔꿈치로 찔렀다.

"아빠, 저것들 뭐예요?"

"어, 그냥 지나가던 버르장머리 없는 것들. 모처럼 좋은 기분으로 왔는데 저런 것들 때문에 김이 샜구나. 그보다 마노가……"

"마노 너는 왜 당하고 가만히 있어? 그리고 얘는 누구야?"

마노는 고개를 들었다. 여자애도 가까스로 분노에서 빠져나온 듯 정신을 차리고 마노를 돌아보다가, 눈이 마주치자마자 외면하고 다른 방향으로 잰걸음을 디뎠다.

"저기."

마노가 부르자 여자애는 그 자리에 멈춰 섰다.

"미안해. 나 때문에."

여자애는 몸을 반쯤 돌리고 고개를 까딱해 보였다.

"맞은 건 너잖아. 내가 고마워해야지."

그러더니 주머니를 뒤적거려 손수건을 하나 꺼내서는 던져주기에 마노는 얼결에 두 손을 내밀었다. 공기 저항을 받은 손수건은 하느작거리다가 간신히 끄트머리가 마노의 손가락에 걸렸다. 여자애는 자기 광대뼈를 두어 번 콕콕 찍어 보였다. 루비가 외마디 비명을 지르며 입을 가렸다.

"어우, 야! 너 여기 얼굴에 피난다."

그 소리에 마노는 받은 손수건으로 얼굴을 꾹 눌렀다. 이러라고 준 거 맞겠지?

입으로만 나섰을 뿐 실상은 중재도 도움도 되지 못하여 무안한 아빠가 여자애한테 손짓했다.

"얘, 너 엄마 아빠는 어디 가시고, 이 밤에 혼자 돌아다니면 위험하지 않니. 너 몇 조 일원이냐? 가이드한테 연락하거나 호텔에 데려다주랴. 혼자서는 아까 같은 녀석들이 또 시비를 걸지 않으리란 법도 없고."

여자애는 잠깐 망설이는 듯하다 입을 열었다.

"고맙습니다. 하지만 전 여기 사람이에요."

아마도 그 말을 하기 위해, 자신의 신분과 입장을 한마디로 나타낼 수 있는 가장 적절한 표현을 떠올리기 위해 사이를 두었던 모양이다. 여자애가 그렇게 말하는 순간 마노의 눈에 그 애는 아까보다도 고귀해 보였고 생각할 수 있는 온갖 이상적인 요소들의 집합체같이 보였다. 여기 사람이에요, 라니.

"아. 그러니."

할 말을 잃은 아빠는 돌아서는 여자애의 기다란 곱슬머리가 밤공기에 일으키는 잔물결을 멍하니 바라볼 수밖에 없었다.

엄마는 젤라또를 한 입 베어 물면서 다른 손에 든 것을 마노에게 건네주었다.

"찬 거 먹고 정신 차려. 누가 먼저 시비 걸면 고스란히 당하고 있지 말고 너도 덤벼. 웬만큼 치료비 물어줄 능력은 되니까."

아빠는 엄마의 위험한 발언에 크게 개의치 않는 듯했다. 엄마도 마노더러 정말로 사고를 치라기보다는, 그저 아들의 심성이나 태도가 거침없는 실속파인 딸과는 정반대라는 점을 염려하여 한 말이었다. 평소에도 신중하고 까다로운 아이였다. 루비는 이유 없이 맞으면 그 자리에서 되돌려준다. 그다음에 더 큰 문제가 생기거나 보복이 돌아오더라도 일단 저지르고 본다. 물론 자기의 이익에 관련된 일에 한해서는 반응이 더욱 빠르고 거세다. 마노는 같은 일을 당하면 먼저 머릿속 정보를 최대한 끌어내 계산부터 한다. 놈은 나보다 큰가 작은가? 아는 놈인가 모르는 놈인가? 놈의 뒤에는 얼마만 한 '빽'이 있으며, 마주 덤볐을 때와 다른 누군가에게 꼰질렀을 때의 소득 가운데 어느 쪽이 더 클 것인가?

마노는 앞 단추에 남아 있는 여자애의 머리카락을 조심스럽게 만지작거렸다. 차마 떼어버리기가 아까운 듯이. 그건 사소한 전투에서 얻은 일종의 전리품 같았다.

그러다가 마노는 아직 한 입도 먹지 않은 젤라또를 엄마한테 밀어두고는 이미 한참 멀어진 여자애의 뒤를 따라 달렸다. 미디어 사와 증권사 건물 사잇길로 빠져나가, 오른쪽으로 꺾어진 도로에 위치한 버스정류장 앞에 그 애의 뒷모습이 보였다.

"있잖아!"

간신히 따라잡아 한마디 토해내고 숨을 몰아쉬는데, 여자애가 또 뭐냐는 듯이 다시 뒤돌아섰다.

"이거 돌려줘야 할 텐데."

마노는 피 묻은 손수건이라 차마 내밀지는 못하고 엉거주춤하게 서서 말했다.

"난 또 뭐라고. 너 가져. 나 필요 없어."

'여기 사람'인 여자애는 마치 그런 손수건 따위는 색깔별 디자인별 브랜드별로 갖추어 옷장 서랍 하나를 채우고도 남아돈다는 듯이 말했다. 18세기를 배경으로 한 외국 영화 속에서 마차에 앉은 귀부인이, 말발굽을 피하다 진흙탕에 나동그라진 평민에게 무심히 손수건 한 장과 은화 한 닢의 동정을 베푸는 장면 같았다.

"여기 사람이라고 했지. 내가 언젠가 다시 이곳에 오면 널 만나서 이걸 돌려줄 수 있을까?"

"……글쎄?"

여자애는 잠깐 침묵을 지키다가 불분명하게 고갯짓해 보였다.

"여기 인구만 오십만 명인데 다시 만날 일이 있을지는 모르겠지만, 네가 그러고 싶다면. 그런데 여기, 들어오기가 결코 만만한 데는 아니야."

마노는 부정당하는 것이 두려워 다급하게 여자애의 말끝을 채갔다.

"알아! 구체적인 자격 요건은 아직 잘 모르지만, 어렵다는 것만은 알아. 그래도 만일의 경우 말이야. 어, 물론 너는 여기 사람이고, 나는 내 주제를 아니까 뭘 어떻게 해보자는 건 아니야. 그저 정말로 빚진 걸 돌려주고 싶어서."

여자애는 고개를 갸우뚱했다.

"사람이 어디 사는지가 자기 주제하고 무슨 상관이지?"

마노는 그 어렴풋한 느낌과 짐작을 구체적으로 표현할 수 없었다. 사람과 사람 사이의 간격. 누구나 그런 건 존재하지 않으며 존재해서도 안 된다는 당위론을 펼치지만 실제론 단순히 존재하기를 넘어서 견고하기까지 한, 높고 두꺼운 벽에 대하여.

"알잖아, 무슨 말 하는지. 아까 그 자식들이 그런 뜻으로 나한테 말한 건데, 공연히 여기 사람까지 그런 소릴 듣게 해서 미안해. 여기와 지상 사이에는 이곳에 이르는 높이의 수치와 맞먹을 만큼의 틈이 있으리라는 거. 그런 거 알지만, 그래도 이걸 돌려주는 건 내 마음이고."

그야말로 그런 소지품 따위 더 이상 돌려받고 싶어 하지 않는 귀부인에게 들이대는 구차한 변명거리 같다.

"그런 한심한 소리 해가지고는 평생 가도 여기 다시 못 오겠네."

여자애는, 이미 머리카락을 제 스스로 뽑아낼 때 마노도 알아보았지만 하는 말 한마디 한마디가 단호하고 신랄했다.

"메울 수 없는 틈이란 세상 어디에도 없어. 사람도, 공간도."

여자애는 신선한 충격에 사로잡힌 얼굴의 마노를 두고 돌아서서 인사인지 손사래인지 모를 손짓을 했다.

"흙으로 다지든 물로 채우든 말이야. 안 그래? 아무튼 잘해봐. 그건 네가 빨아 쓰든지 버리든지, 아니면 정말로 운 좋게 만나기라도 하면 그때 줘."

"어, 응, 그래."

마노가 이미 피가 멎은 상처를 다시 손수건으로 꾹 누르는 동안 여자애의 뒷모습은 때마침 도착한 버스 안으로 사라져갔다. 그래, 대신에 고마워,라고 말할걸 그랬다는 생각이 뒤늦게 들었다. 자주

색 버스가 방사형으로 퍼져나가는 불꽃을 배경으로 하여 코너를 돌아 사라져갈 때쯤.

  세상에, 이름도 안 물어봤잖아.

프락치의 조건

"일 학년 C반 이마노. 육 교시 끝나고 학생회실로 오세요."

같은 말이 두 번 반복되고서 스피커는 침묵했다.

아무리 짚어봐도 자신이 누군가에게 호출당할 일이 없다. 입학 정원의 10퍼센트를 차지하는 소위 '지상의 아이들' 가운데 수석으로 들어왔다거나, 그 반대로 누군가가 입학을 포기한 자리에 보결로 턱걸이했다면 눈에 띌 법도 했지만 합격자 가운데 마노는 루비와 나란히 꼭 중간이었다. 그나저나 대체 이 넓은 학교 안에 학생회실은 어디 붙어 있나.

한 반의 정원은 25명, 각 학년의 반은 A부터 Z까지 총 26개. 반 구별은 출결 관리에나 쓰이는 것으로 별 의미가 없고, 학생들은 120개 이상의 강의실을 옮겨 다니며 정규 과목과 선택 과목 수업을 들었다. 한 학년의 정원 650명 중 10퍼센트인 65명이 지상 출신 전형자들이었는데 올해 비율은 여자 36명, 남자 29명이었다. 쌍둥이가 동시에 이곳 시험에 합격했다는 사실이 처음 있는 일일 뿐만 아니라 확률적으로도 드물다는 사실 외에는 특이 사항이 그다지 없었다. 입학식이 끝난 지 이틀째일 뿐인데 누가 왜 부르는 걸까?

기숙생들은 적응 훈련이라는 명목으로 입학식 1개월 전부터 방주시로 이주를 마치고 각종 오리엔테이션에 참여했다.

이 높이까지 올라오는 데에 쓰이는 초대형 엘리베이터 전용 건물부터 압도적이었지만 어디까지나 동시대 사람이 사는 공간으로서 제도나 문물은 지상에 있을 때와 형식 및 외양이 크게 다르지 않았다. 지상에는 없는 예측 불허의 첨단 시스템이나 문명이 존재하는 게 아니라 그저 기본적인 데서 기능이 더 발전되고 규모가 커지거나 조금 더 세련되거나 옵션이 붙었다. 마노와 루비같이 이미 한번 와본 적 있는 아이들은 어지간히 웅장하고 화려한 정도로는 놀라지 않았다.

그래도 옛날엔 몰랐다가(혹은 모르는 척했다가) 지금 와서 눈에 띄는 점이 있다면 이곳 사람들 절대 다수가 보유한 상상을 초월하는 부였는데, 이것은 그 자체가 특징이자 다른 모든 특징들의 이유가 되었다.

적응해야 할 진짜 대상은 이곳이 자랑하는 절대적인 높이였다. 체감하기 어려운 초현실적인 수치의 높이가 이곳 사물들에 공연히 신비성을 부여했다. 바라보기만 해도 현기증이 나는 규모 때문에,

지상에도 분명 있을 법한 것이 단지 여기에 있다는 이유만으로 더욱 고급스러워 보였다. 공들여 만든 도시의 요소요소는 각각 한 편의 완결성을 가진 작품이었다.

돔과 안전거리를 유지하도록 이곳 건물들은 최대 30층이 넘지 못하게 규정하고 있어서 각 건물의 높이가 심리적 부담을 안겨줄 만큼은 못 되었다. 다만 장소가 주는 일종의 착시 현상으로, 딛고 선 발아래로 뻗어 있는 1200미터에 대한 상상이 단조로운 수직과 수평을 무한 확장하여 무수한 입방체를 확대 재생산했다. 지상에서 온 사람들 가운데 대다수는 이 시각 자극에 저마다의 더듬이를 최대한 활성화시키며 감탄사를 아끼지 않았지만, 그 바닥에는 공포라는 이름을 붙이기에 모자람 없는 침전물이 깔려 있었다.

마노도 속이 울렁거렸다. 옛날에 3박 4일간 머무른 곳이었음에도, 처음 와보는 것처럼 또는 자기가 못 올 데를 온 것처럼 안절부절못했다. 너무 오랜만이거나 그사이 도시가 더욱 찬란해졌거나 일 텐데, 주위를 둘러보니 어느 사막에 던져놓아도 선인장이나 낙타 수준의 적응력을 자랑할 루비 같은 아이 한둘을 제외하고는, 합격생들 가운데 대부분이 마노와 같았다. 입학 한 달 전부터 합격생들을 불러 모아 적응 훈련을 시키는 이유는 바로 이 높이였다. 문명에 대한 적응 또는 오심(惡心)에의 적응.

2개월 전.
나란히 합격 통지를 받은 마노와 루비는 짐을 꾸리고 있었다. 소위 '지상의 아이들'은 옛날 교감이 약속했던 대로 학비를 면제받기로 되어 있었지만 그건 어디까지나 등록금과 수업료만이었고, 방주고에서만 사용하는 전용 전자 교재 대금과 교복을 비롯해서 다달이 드는 기숙사 비용은 일시불로 완납해야 하기에 드는 돈이 만만치 않았다. 엄마 아빠는 입학 준비로 적금 하나와 보험 두 개를 해약한 날, 두 남매의 휴대전화에 월 사용 한도가 정해진 포인트 결제 기능을 입력했다.

"친구들 사귀면 먹는 거나 사복이나 해서 로데오 거리에 들락거릴 일이 있겠지. 아껴 써. 이번 달 사용 한도에 못 미치면 다음 달로 이월되게 조정해놓았으니까, 안 쓰고 모아놨다가 정말 필요한 데다 몰아 써도 돼."

루비가 열여섯 자리 비밀번호를 입력하자 개인 식별 정보가 저장된 투명한 홀로그램이 화면에 떠올랐다.

"이게 거기 올라가서도 되나?"

"전 지구에서 다 돼. 사막이나 밀림, 극지방은 빼고. 휴대전화 잃어버리면 바로 연락해, 홀로그램 정보를 변경해야 하니까."

기숙사 비용 다음으로 고가는 교복 대금이었다. 지상의 아이들은 방주시에 전원 입주한 뒤 지도 교사의 인솔에 따라 단체로 교복을 맞추게 되어 있었다. 방주고의 교복 투피스는 지상에서 유통되지 않는 특별 원단으로 제작된다고 했다. 자주 세탁하기에 기본 2장을 구비해야 하는 드레스 셔츠만 해도 유기농 60수 트윌 면에 앞가슴의 장식 자수는 수작업이라고 했다. 아무리 그래도 이 정도의 고가라면 디자이너의 이름값이라고 남매는 짐작하며, 적어도 이걸 입고 졸업할 때까지는 더 이상 키가 자라면 안 되겠다는 생각마저 들었다. 그럼에도 엄마는 그게 앞으로 너희들의 일상이 될 거라고—아니 되어야 한다고 했다. 새 생활로의 부화는 그렇게 감가상각비의 계산에서 시작되었다.

이곳에 처음 올라온 날, 지상에서 온 합격생들은 '데칼로그[4]관'이라는 이름이 붙은 12층짜리 기숙사 건물에 들어섰다. 시차도 없는데 장거리 비행이라도 마친 듯, 모두가 각자의 트렁크를 끌고 피로에 지친 모습으로 로비에 집합했다.

단체 규율이 생명인 기숙사라는 장소를 생각해볼 때 더없이 어울리는 숙소 이름이었다. 니콜라 푸생Nicolas Poussin을 복제한 경건하고 역동적인 그림이 로비 벽면에서 아이들을 맞이했다. 우상 숭배하는 자들을 처단하는 내용의 그림 속 인물들은 엄숙하거나 겁에 질린 표정이었고 아이들은 공연히 위축되었다. 그때 사감 교사 대표가 앞으로 나와서 입실 요령을 설명했다.

"합격증 확인 받으셨고 지문 등록 다 하셨지요? 지금부터 설명 잘 들으셔야 합니다. 안 그러면 그 무거운 트렁크들 갖고 쩔쩔매는데, 방에 못 들어가요. 여기 주목! 우리가 지금 모여 있는 일 층은 보시다시피 기숙사 로비예요. 관리실하고 사감실 있고, 자세한 구

---

[4] Decalogue: 십계명.

조랑 시설들은 나중에 설명해드릴게요. 보시면 이 층부터 육 층까지 여학생들 방입니다. 칠 층은 식당하고 매점이나 세탁실, 운동 센터 같은 편의 시설 있고요. 팔 층부터 십이 층까지 남학생들 방입니다. 사감 선생님들 따라 각각 줄 맞춰서 가세요. 남학생들은 동쪽 엘리베이터 두 개, 여학생들은 서쪽 엘리베이터 두 개. 문 옆 인식기에 자기 지문을 대지 않고 그냥 타면, 탄 사람 머릿수하고 인식한 지문 개수하고 맞지 않아서 문이 안 닫힙니다. 남학생 쪽 엘리베이터는 이 층부터 육 층까지 안 서요. 여학생 쪽 엘리베이터는 칠 층 위로는 못 올라갑니다. 잘 알아두셔야 해요. 남자가 서쪽 엘리베이터에 몰래 올라타봤자, 지문으로 신분을 확인하니까 문이 안 닫힌단 말예요.

각 층에 방은 열네 개씩 있고요, 같은 학년 둘이서 한 방을 씁니다. 이, 삼 학년 선배들하고는 식사 시간이나 휴게실, 언제 어디서든 마주치게 되겠죠. 자기 학년 중에 기숙사 쓰는 사람 얼마나 되겠어요. 얼굴들을 오늘내일 사이로 싹 다 익혀놓는 게 좋아요. 그러고서 기숙사 생활 중에 모르는 얼굴이다, 처음 본다, 이런 사람하고 마주치면 아, 이 사람은 선배구나. 그냥 바로 꾸벅 인사하세요. 여기 인사한다고 생뚱맞게 쳐다보는 사람 아무도 없어요. 다 기분 좋게 받아줍니다. 게다가 지금 다들 타향살이 떠나온 사람들이잖아요. 적은 인원이 이 초호화 시설 안에 살아가면서 서로 의지하고 사이좋게 지내지 않으면 힘들어요. 어쨌든 같은 층에서도 홀수로 남은 사람은 방을 혼자 쓰기도 하고, 남는 방들은 간혹 방에 보수 문제가 생겼을 때 옮겨 가는 예비용으로 쓰입니다. 아시겠어요?

이제부터 여학생들은 이쪽 여자 사감 선생님 따라 이동하시면 됩니다. 각 방문 앞에 자기 이름 적혀 있는 데로 들어가면 돼요. 누가 자기 룸메이트인지 가보면 바로 알 거고."

그때 루비가 손을 들었다. 루비는 조금 전에 자기 휴대전화를 꺼내느라고 트렁크를 여닫다가 다쳐서 손가락에 밴드에이드를 감고 있었다.

"선생님, 조금 전에 엄지손가락을 다친 사람은 어떻게 하지요?"
"양손을 다 다쳤나요? 양쪽 엄지 지문을 등록했을 텐데."
"네. 오른손만인데요. 엘리베이터 탈 때는 어느 쪽을 대나요?"
"오른손 왼손 어느 쪽이든 양손 등록만 했으면 상관이 없어요. 간혹 양쪽 엄지가 다 다친 사람은 사감 선생님한테 따로 말해서 둘째손가락을 등록하면 됩니다. 열 손가락 다 다친 사람들은 별도 인식 장치를 대여해주니까, 다친 사람 있으면 지금 손들고 말해요."

루비 외에는 아무도 손을 들지 않았고, 신입생들은 남녀로 갈려 각각 2열 종대로 서서 사감을 따라갔다.

짐을 풀자마자 아이들은 같은 방을 쓰는 친구와 눈인사 외에는 나눌 시간이 없었다. 즉시 옷장에 들어 있는 지정된 추리닝을 입었다. 단체 추리닝이라니 얼마나 끔찍한 옷일까 루비는 생각했으나, 프랑스 어느 대학에서 왔다는 의상학과 교수가 디자인한 거라는 설명을 듣고 나서 실물을 보자 원단의 질은 기본이고 몸에 밀착되어 이루는 라인이나 파스텔 톤의 색깔이 생각만큼 혐오스럽지 않게 느꺼졌다.

각자 휴대전화를 갖고 식당에 모여 기숙사 생활의 규칙을 들었고, 지시에 따라 휴대전화에 다운받은 학교 어플리케이션을 실행시켜서 학교 시설물 안내를 보고 들었다.

학교 부지 전체를 둘러싸면 위에서 내려다본 모양으로 기다란 타원이 그려지는데, 그 안에 고등학교 말고도 초등학교와 중학교가 함께 있었다. 타원의 총넓이는 약 560제곱미터. 도시의 총면적이 39.5제곱킬로미터라는 점에 비추어 학교 부지가 차지하는 비중이 상당했다. 부속 유치원, 초등학교와 중학교, 고등학교. 이중 고등학교에만 지상의 아이들이 올 수 있었는데 앞으로 10년 안팎 성과를 보아 '지상의 아이들' 전형을 중학교까지 확대할 거라고 한다.

그 밖에 히스기야[5] 관(체육관), 호산나[6] 관(대강당), 오병이어[7] 당(식당)을 비롯한 각종 편의 시설이 있는 르호보암[8] 관(학생회관), 특별활동이나 특별수업 및 우수한 인재들의 개인 연구실들로 이용되는 아디엘[9] 관(스터디센터), 방주시 중앙도서관의 규모에 못지않은 교내 도서관인 코헬레트[10] 관과 어린이 전용 도서관. 그리고 중학교 건물에 이웃한 이곳 기숙사. 앞으로 특별 수업이나 연구 용도의 스터디센터가 두어 채 정도 더 지어질 거라고 한다. 그 밖에 '마

---

5) Hezekiah: '하나님의 강대한 힘'이라는 뜻으로 열왕기 하권에 나오는 이스라엘 왕 이름.
6) hosanna: 지금 구원하소서.
7) 五餠二魚: 예수가 다섯 조각의 빵과 두 마리의 물고기로 일으킨 기적.
8) Rehoboam: '백성을 번성케 한다'는 뜻을 지닌 유다 왕의 이름.
9) adiel: '하나님이 광채를 더하신다'는 뜻을 지닌 이름.
10) qohelet: 전도서.

라나타[11] 길' '누룩의 길' '겨자씨의 길' 등 성경에서 이름을 딴 각종 산책로와 공터 등에 아름다운 조경이 갖추어져 있다. 필요한 모든 문화가 다 갖추어져서 기숙생들은 학교 밖으로 나갈 필요도 없어 보였다.

　1차 오리엔테이션이 끝나고 저녁 시간이었다. 기숙사에서의 첫번째 식사로 저녁 메뉴는 소 안심 스테이크 반쪽과 시금치 퓌레를 중심으로 하여, 공동의 식탁에는 올리브유에 발사믹 식초를 첨가한 소스를 찍어 먹는 빵들과 오리엔탈 드레싱 샐러드가 놓여 있었고, 후식으로는 에푸아스 치즈 한 조각과 얼 그레이 티가 나왔다. 아이들은 각 방에 딸려 있는 욕실에서 교대로 목욕을 마치고 점호를 받은 뒤 잠자리에 들었다.

　양 벽에 붙은 두 개의 침대에 나눠 눕고서야 마노는 같은 방을 쓰는 배두인이라는 친구와 제대로 인사를 할 시간이 생겼지만, 그 녀석은 가만 보면 혼자서 뜻 모를 진언 같은 걸 중얼거리는 일이 많아서 되도록 신경 쓰지 않는 게 낫겠다고 생각했다. 나중에 알았지만 두인이는 불경을 한 구절씩 읽고 외는 것으로 하루를 시작하고 있었는데, 두인이 이런 철저한 미션스쿨에 입학이 허가된 것은 우수한 성적 외에도 '우리는 만인에 대해 차별 없이 열려 있습니다'를 광고하기 위함이라는 걸 짐작할 수 있었다.

　다음 날 아이들은 절반 이상이 간밤에 잠 못 이룬 후유증을 얼굴

---

11) maranatha: 주여, 어서 오소서.

에 주렁주렁 달고 식당에 모였다. 아침은 일본식으로, 채소와 된장을 넣고 끓인 조우스이라는 죽에 굴을 넣은 것과 작은 꽁치구이 한 마리, 매실 조림과 낫토 등 네 가지 반찬이 나왔다. 이런 식으로 양식·한식·일식·중식 전문가들이 학생들의 두뇌 회전과 시간별 신체 상태를 고려한 최적의 식단을 구성한다고 했다.

맛이야 나무랄 데 없지만 뒤숭숭한 기분으로 마친 아침 식사 후 인솔 교사를 따라 히스기야 관으로 단체 이동했다. 로데오 거리에서도 최고급 원단과 섬세한 바느질로 손꼽히는 부티크에서 디자이너와 어시스턴트 두 명이 출장을 나와 아이들의 교복 사이즈를 재기 위해 기다리고 있었다.

교복 맞추기가 끝난 뒤 아이들은 학교 시설 곳곳을 안내받으며 각 건물의 상세한 역사 안내와 이용 교육을 받았다. 코헬레트 관을 둘러본 뒤에는 사감 대표의 안내도 있었다.

"좀더 폭넓은 공부와 수준 높은 연구를 위해 방주시 중앙도서관으로 가서 대출증을 등록하기 원하는 사람은 따로 앞에 모이기 바랍니다."

그 방송에 따라 앞에 모인 이들은 65명 가운데 갑작스러운 맹장염 때문에 에녹[12] 중앙병원으로 실려간 한 명을 제외한 모두였다.

어린 시절 3박 4일간 스쳐 갔을 때 마노는 외부인이며 구경꾼이었다. 이번엔 이곳에서 생활하기 위해, 이곳 시민의 품위와 자격을

---

12) Enoch: "믿음으로 에녹은 죽음을 보지 않고 옮기어졌으니……" (히브리서 11장 5절)

갖추기 위해 지상의 합격생들은 오리엔테이션 기간 동안 방주시 곳곳을 거의 하루에 한 곳씩 들러서 그곳을 이용하는 요령, 이용 자격, 일상생활의 관습이나 물가에 이르기까지 철저하게 교육받았다. 아이들은 가끔 자신들이 도시라는 인체를 정밀 해부 실습하는 중이라는 착각에 사로잡히기도 했다. 때로, 원시인이나 다른 행성의 아이들이 지구 문명 세계로 와 철저하게 교육받는 듯한 모욕감까지 느꼈다. 아니, 뭐 이런 사소한 것까지? 우리가 이거 처음 보는 줄 아나 봐. 이런 것쯤은 지상에도 다 있거든요! 이런 불평도 얼굴에 드러났지만 아무도 입 밖으로 꺼내지는 않았다.

그러나 그 어떤 날도 심리상담 날처럼 의아하고 수상쩍지는 않았다.

그날도 방송 안내에 따라 아디엘 관 7층에 있는 심리상담연구실로 옮겨 간 아이들은, 중학교 시절의 한 뼘짜리 보건실만 한 상담실을 생각하고 갔다가 문밖에서 저마다 주춤거렸다.

상담실이라면 보통 전공과 담당 교과목이 따로 있는 교사가 겸직 발령을 받아서 그 자리가 대개 비어 있는 방이었으며, 때로는 보건실과 함께 교사들의 뒷담화 장소로 쓰이는 곳이었다. 그곳에서 특별 지도 대상자인 문제아들이 두들겨 맞거나, 교무실 구석 여유 공간이 모자라 끌려온 몇몇 아이들이 단체로 기합을 받는 일은 있어도 진정한 상담이 이루어지는 곳은 아니었다. 때문에 당최 상담실에서 연구는 무슨 얼어 죽을 연구를 한다는 건지, 코웃음 치면서 따라간 아이들도 적지 않았다.

그런데 지금 온 심리상담연구실은 7층 절반을 차지할 만큼 컸다. 방의 크기와 연구 효율 및 성과와의 정확한 상관관계는 증명된 바 없지만, 그 안에서 형식적인 상담 이상의 일이 벌어지리라는 것만은 짐작게 했다.

"들어오는 순서 상관없이 하나씩 자리 잡아 앉으세요."

흰 가운을 입은 심리상담연구실의 담당 교사가 아이들에게 손짓했다. '실험심리학 박사'라는 직책과 이름이 두 줄로 적힌 명찰이 눈에 띄었다. 아이들은 깨끗하고 빳빳한 가운과 연구실에 비치된 기자재들이 주는 전문적인 분위기에 조금씩 호기심이 생겼다.

"각자 자리에 앉으시면 투명한 책상 아래로 모니터가 보일 겁니다. 오른쪽에는 헤드폰이 걸려 있고요. 이 헤드폰을 먼저 씁니다. 아니 거기, 지금 말고요. 지금은 설명 먼저 듣고, 제가 쓰라고 하면 쓰세요. 헤드폰을 쓴 다음에 먼저 화면에 나타나는 지시대로 자기 합격 번호하고 이름을 입력하세요. 그다음 화면이 넘어가면 헤드폰에서는 음악이 나올 거고요. 화면에서는…… 다들 한 번쯤은 이름 들어봤을 거예요. 로르샤흐 검사[13]하고 착시 그림 같은 거, 뫼비우스의 띠를 응용한 에셔M. Escher의 그림들. 다 본 적 있지요? 그런 그림들이 계속해서 나올 거예요. 그걸 그냥 집중해서 보기만 하면 됩니다. 그러면 헤드폰 상단 안쪽에 부착된 뇌파 감지기가 여러분의 현재 상태와 정신적 피로도를 비롯한 심리 전체를 해석하고 그 결

---

13) Rorschach test: 스위스의 정신의학자 로르샤흐가 만든 인격 검사로, 잉크의 대칭 얼룩을 이용한 연상 실험이다.

과를 저한테 전송해줄 거예요. 그림 보고 음악 들으면서 뭐 애써 이 것저것 생각하려고 용쓰지 않아도 되고 그냥 멍하니 보면 그만입니다. 그림을 보다 보면 조금씩 잠이 올 텐데 그대로 의자에 기대서 눈 붙여버려요. 여러분이 잠들면 수면 상태에서…… 뭐라고 설명해야 다들 쉽게 알아들으려나. 보통 꿈으로 많이 나타나는 무의식 가운데 어떤 것들, 자기가 원하는 것, 기억, 이런 것들이 산출 및 종합 분석돼요. 무슨 얘기인지 알겠지요? 한마디로 오늘 이 시간 면대면 상담은 없습니다. 이게 다예요. 그럼 질문 있는 사람?"

박사는 아이들 속에서 올라온 손을 보고 고갯짓했다. 마노는 자기 옆자리에 앉은 그 아이를 돌아보았다. 야생 들쥐한테 뜯어 먹히다 만 듯 아무렇게나 들쭉날쭉하게 친 짧은 머리에 얼굴이 반쯤 가려져 표정을 알 수 없는 녀석이었는데, 입을 열자 목소리로 여자라는 걸 알 수 있었다.

"그러니까 저희들 개개인의 욕망인지 기억인지를 무작위로 캐내가지고 상담 자료로 쓰겠다는 얘기 같은데요. 사람을 직접 만나보고 얘기해봐야 그 사람이 뭘 생각하는구나 어떤 사람이구나 아는 거지, 상담의 주요 요소인 라포르[14] 형성을 배제하고 이런 식으로 굳이 기계 장치를 써가면서 전원의 심리를 체크하는 게…… 효율적이긴 하겠지만 썩 유쾌한 방법은 아니잖아요?"

그때 몇 초 사이 마노는 이상한 눈치를 챘다. 티나지 않게 애쓰지

---

14) rapport: 상담 과정에서 형성되는 신뢰 관계로 상대방에게 동조하며 소통하고 교감하는 것을 가리킨다.

만 분명 동요하다가 곧 제자리를 잡는 박사의 눈동자와, 3시 방향 벽에 붙어 서 있던 사감 대표가 자신의 휴대전화에 무언가를 끼적거리는 모습이 묘하게 관련 있어 보였다.

마노는 '너 찍혔어, 인마'라는 뜻으로 다시 옆자리를 돌아보았는데, 그 아이는 그런 분위기 따위는 개의치 않는 듯했다. 박사는 사감 대표와 오묘한 눈빛을 교환하고서 대답했다.

"아. 그래요. 당사자들 입장에서는 뭔가 시험받는 듯해서 유쾌하지 않을 수 있어요. 그러면 우리 한번 생각해볼까요. 지금 질문한 학생은 설탕이 달다는 걸 어떻게 알 수 있지요?"

"맛을 보면."

"그러면 불이 뜨겁다는 걸 어떻게 알지요?"

"그야 만져보면."

"그 불이 얼마나 뜨거운지, 몇 도나 되는지 알아보려면 살가죽이 다 벗어질 때까지 만져봐도 모자라겠지요."

"……"

"이렇게 인간이 감각만으로 무언가를 얻으려 하는 건 정확한 데이터를 얻는 데 실패할 확률도 높고 위험하기 짝이 없는 일입니다. 불이 몇 도나 되는지를 알아보려면, 꼭 온도를 재는 도구가 필요해요. 사람은 도구를 만들지만 도구는 사람 생활을 지배하는 방향으로 가고 있지요. 인간 본연의 감수성과 정서를 존중하는 우리 철학적 관습 때문에 처음에는 익숙지 않겠지만, 믿고 맡겨주시면 반드시 정확하고 공정한 데이터를 얻어 활용하도록 하겠습니다. 말해둘

것은 이 데이터가 여러분에게 어떤 불이익을 주는 용도로 쓰이는 일은 결코 없을 것이며, 또 여러분의 데이터를 옆자리 친구도 알지 못할 정도로 철저하게 관리한다는 거예요. 여러분을 가르치고 관리해야 하는 선생님들은 물론 필요에 따라 이 데이터를 열람할 수 있습니다. 학생에게 문제가 있는데 그 문제의 근원이 무엇인지 모르고서는 도움을 줄 수 없으니까요. 하지만 여러분의 담임 선생님조차도 이 데이터를 열람하기 위해서는 세 단계의 보안과 합당성에 대한 검토를 거칠 것입니다. 이후에도 선생님이 이 데이터를 외부로 복사하거나 유출하는 일이 절대로 있을 수 없도록 감독 관리에 만전을 기할 거고요. 마지막으로, 그런 일은 거의 있을 수 없지만 이 데이터를 토대로 하기는 하되 검사에서 미처 발견되지 않은 개개인의 특성이나 오류가 있을 수 있기 때문에 학기 중에 면대면 개별 상담은 꾸준히 이루어질 것입니다. 조금은 원하는 대답이 되었는지."

질문자는 썩 만족스러운 눈치는 아닌 듯했지만, 박사에게 어깨를 으쓱해 보이는 것으로 대답을 대신했다. 꼭 확실한 조치와 반성을 기대하기보다는 자신의 의사를 밝히는 행위 자체에 주안점을 두고 있는 듯, 다른 말 없이 이어지는 지시대로 헤드폰을 머리에 썼다.

마노도 헤드폰을 쓰면서 상대가 눈치 못 채게 곁눈질했다. 잠깐 드러난 옆얼굴은 뜻밖에도 작고 지나치게 하얘서 헤모글로빈이 부족해 보였다. 곧바로 턱을 괴었기 때문에 얼굴이 가려졌지만, 마노는 스쳐 지나가듯이 본 속눈썹이 무척 길다고 느꼈다.

화면에 합격 번호를 입력하고 '다음'을 터치하자, 인적사항 관리에 대한 안내문에 동의하는 과정을 거친 뒤 첫번째 그림이 나왔다. 그때부터 이상하게 졸음이 모래 폭풍처럼 덮쳐오기 시작했다. 박사가 잠을 억지로 참을 필요는 없다고 했으니 마노는 그대로 졸음에 몸을 맡겼고, 다른 아이들도 정도는 조금씩 다르지만 사정은 비슷해 보였다. 긴장을 이완시켜 수면을 유도하는 나른한 음악 소리를 들으며 눈을 감고 유사(流沙)같은 잠에 빠져드는데, 꿈과 현실의 경계가 허물어지는 순간 눈앞에 그 아이의 모습이 떠올랐다. 마노가 이 도시로 다시 올 마음을 먹게 한 그 아이.

'저는 여기 사람이에요.'

그 아이를 언젠가는 만날지 모른다는 기대만이 전부는 아니었지만 공부에 결정적인 추진력이 된 건 사실이었다. 루비는 마노가 불가능해 보이는 방주시 입성에 난데없이 열의를 보이자, 동생이 하는 걸 자신이 못하는 경우란 있을 수 없다며 따라 도전했다. 그러니까 두 아이를 방주시로 끌어올린 건 이름도 모르는 시나이 광장의 아이였다. 마노의 기억에 남아 있기로는 그 아이가 자신들과 동갑이거나 많아야 한두 살쯤 더 먹었을 터였는데, 이름 석 자 없더라도 39.5제곱킬로미터라는 제한된 범위와 열일곱에서 스물 사이 연령대의 여자를 찾는 데는 그리 오랜 시간이 걸리지 않을 것이라 믿었다. 소셜 네트워킹 서비스를 활용하여 이러한 사람 찾는다고 한마디만 올리면 당장 찾는 것도 시간문제겠지만 그래서는 큰 의미가 없었고, 별로 좋은 일을 계기로 만난 것도 아닌 만큼 만천하에 알리는 일은 그 아이와의 추억을 훼손시키는 것 같았다.

마노는 의자 등받이에 머리를 기대고 은색 펜던트를 추리닝 주머니 속에서 만지작거리다 어느덧 꽤 깊이 잠들었다. 감은 눈앞에는 그때의 일이 연속 스틸처럼 떠올랐다.

광장에서 호텔로 돌아와 옷을 갈아입으려는데 그때까지도 단추에 걸려 하늘거리던 머리카락 한 뭉치. 마노가 멍하니 셔츠를 부여잡고 선 모습을 보다가 옷을 빼앗으며 루비가 하던 말.

'내놔봐, 답답해가지고.'

여행지에서 얻는 물건과 인연에는 무언가 특별한 뜻이 있거나 그것 자체가 미래에 대한 일종의 예지라는 미신적이고 낭만적인 믿음이 있었던 루비는, 머리카락을 둥글게 말아 이리저리 꼬더니 리본 모양으로 매듭을 지어 놓았다. 머리카락으로 장식을 만들었다는 데서 비롯되는 원초적이면서 불가항력인 섬뜩함을 그 부드러운 모양이 잊게 했다. 루비는 마침 광장 가판대에서 사온 은색 펜던트 안에 그걸 담았다.

'아니, 그렇게까진 안 바랐는데. 이런 것도 있어서.'

마노는 이름 모를 소녀가 준 레몬색 레이스 달린 손수건을 흔들어 보였다. 피를 찬물로 곧바로 지우지 못해서 힘주어 세탁했음에도 손수건에는 희미하게 얼룩이 남아 있었다. 루비는 마노의 목에 펜던트를 걸어주었다.

'엄마가 우리더러 다시 방주시로 입성하라고 그런 건 진심일 거고, 혹시 알아. 이걸 부적으로 삼아두면 언젠가 다시 그 아이를 만날지도 모르지. 너 딱 보면 내가 모를 것 같아? 그 아이 보고 그냥 한눈에 뻑갔으면서. 굳이 그걸 뒤쫓아가서 뭐라고 말했는지 나한테도 결국 안 가르쳐주냐. 퍽도 좋을 때다, 순진해빠져서는.'

육 교시 끝나고 학생회실로.

학교 지도를 카테고리별로 뒤져서 위치를 알아낸 마노는 4층 맨 끝에 있는 학생회실로 천천히 걸어갔다. 부른 사람이 선생님들 가운데 하나라면 장소는 교무실이나 아디엘 관 어디쯤이었을 텐데, 학생회실이라면 학생이 불렀다는 뜻이다. 사람을 오라 가라 하는 거 보니 적어도 한 학년 위 선배쯤 되리라.

선배라고 하면 아직까지는 한 사람밖에 모르는데.

2학년 윤시온과 만나기는 1주일쯤 전이다. 그 무렵 가족과 함께 방학을 보낸 선배 기숙생들이 돌아왔는데 그중 하나인 시온은 마노네 옆방이었다. 저녁 식사 시간에 마주친 마노와 두인에게 먼저 인사를 건넸을 때 들뜨지도 가라앉지도 않은 쾌활하고 깔끔하며 어른스러운 인상이 전해져서 금방 기억에 남았다.

시온은 그들뿐 아니라 다른 모든 새 얼굴들에게 알은척을 하고, 식사 기도를 하기 전 앞에 나와서 2, 3학년을 대표하는 인사말을 했다. 자기가 기숙사장이고 심부름꾼이니까 앞으로 매일 취침 점호 시간에 만나게 될 테니 사감 선생님한테 말하기 힘든 일이 생기면 일단 자기한테 다 갖고 와보라는 요지의 얘기였다.

"둘이 치고받고 싸우다가 문짝 나간 거, 형광등 깨진 거, 물 안 나오는 거, 나한테 와서 말하세요. 내가 대표로 사감 선생님께 전달할게요. 소소한 비품 정도는 내 선에서 해결할 수 있는 것도 많습니다. 여성분들은 내선 번호 843만 찍어주시면 제가 그리로 갑니다. 아, 저는 사감 선생님과 마찬가지로 전 층을 다 오갈 특권이 등록된 인간이라서요. 어려워 말고 이것저것 속 시원히 다 말해도 돼요. 연애 문제도 다리 놔드리니까."

진중해 보이는 얼굴을 하고는 적당히 농담으로 긴장을 풀어주자, 그동안 적응 교육으로 심신이 피폐해져 있던 신입생들은 웃음을 터뜨렸고, 끊어지기 일보 직전의 신경이 이완되었다. 우리도 저 사람만큼이나 금세 내 집처럼 지낼 수 있으리라는 기대를 심어주는, 밝은 양지를 닮은 모습이었다. 부드러운 혀가 뼈를 꺾는다[15]는 건 그런 사람을 두고 하는 말이었다. 울림이 있는 트인 목소리와 분명한 발음, 행여 무거워 보이지 않도록 가벼움을 가장하며 감추려 하지만 청중을 배려하는 시선에서 드러나는 그 사람의 깊이, 어느 집단에 들어가든지 중심에 있을 것만 같은 친화력 있는 사람. 이것저것 까다롭게 따지기 싫어하는 평범한 사람들이 가장 선호하는 리더의 유형.

지금까지 알고 지내는 선배란 그 시온밖에 없었다. 한 일주일째 아침저녁으로 인사를 할 뿐이니 안다고 하기도 무엇할 정도였다. 일상적인 인사 말고 다른 이야기를 심도 있고 친밀하게 나눈다는 것은 곧 기숙사 생활에 애로사항이 생겼다는 뜻인데, 그에게 뭔가

---

15) 잠언 25장 15절.

상담이나 도움을 구할 만큼 절실한 일이 아직은 없었다. 거기에 그 동안 간간이 보아온 시온은 자기가 직접 찾아왔으면 왔지 사람을 손가락질하여 오라 가라 부릴 성격이 아니었다.

그럼 누구?

학생회실로 들어서자 네 사람이 보였다. 하나는 창문 쪽으로 난 책상에 앉아 있어서 역광 때문에 얼굴이 잘 보이지 않았다. 나머지 셋은 그 주위에 둘러서 있었는데, 그 모습은 마치 하나의 DNA 구조에 들러붙어 있는 네 개의 염기로 보였다.

"이마노지?"

책상에 앉은 사람이 물었다.

"……그런데요. 누구세요?"

"올해 '지상의 아이들' 전형으로 입학한 쌍둥이 가운데 하나고."

그렇게 말하는 표정은 보이지 않았지만 시비조에 빈정거리는 말투였다.

"맞는데요. 누구세요?"

대체 누군데 초면에 자기 이름은 안 밝히면서 남의 신상 정보를 줄줄 까고, 그나마 전후 설명까지 생략한 채로 사람을 오라는 건데?

상대는 역광으로부터 벗어나 책상 앞으로 걸어 나왔다. 그러면서 책상 위에 있던 삼각기둥 모양 명패를 마노가 잘 보이는 쪽으로 밀어놓았다. 광택을 머금은 검은 바탕에 흰 오목판법으로 이름이 새겨져 있었다.

학생회장 나일락.

이름까지는 몰랐으나 대기업 계열사인 모 정보통신회사의 회장이자 이 학교 이사장의 손자가 학생회장이라는 얘기를 마노도 들은 적 있다. 어차피 방주시에 모인 대부분이 그런 족속들이라 딱히 관심 가질 만한 일도 아니어서 그 학생회장의 얼굴까지는 몰랐을뿐더러 굳이 상상할 필요도 느끼지 못했다. 그러나 만약 조금이라도 상상했다면 그건 지금 보는 모습과는 전혀 달랐을 터였다. 일락은 고등학교 아닌 중학교 학생회장이라고 해도 믿을 만큼 작은 체구에 하루 두 번 기관지확장제와 철분제를 꼬박꼬박 복용하지 않고서는 생활하기 힘들 것처럼 생긴 얼굴이었다. 그뿐 아니라 18년 살아오는 동안 휴대전화보다 무거운 거라곤 든 적 없어 보이는 두 손은 누구든 맘만 먹으면 한 손으로 잡아 비틀 수 있을 것 같았다.

"……지상의 아이들이라니. 토할 거 같아."

그런 사람의 입에서 이처럼 다짜고짜 조소가 튀어나오자 마노는 흠칫했다. 그럼 뭐라고 불러?

"진짜 지상은 여기. 너희가 있던 곳은 그냥 땅바닥."

엄연한 유사 관계를 가진 말이 그걸 말하는 사람의 태도와 문맥에 따라 얼마나 모욕적인 뜻으로 달리 풀이될 수 있는지, 마노는 일락을 보면서 알았다. 뭐 이런 놈이 다 있어?

더 이상 얘기를 들을 필요도 없을 것 같고 그냥 나가버리려는데 문 앞은 이미 다른 2학년이 막아서고 있어서 기분이 더럽다고 내키는 대로 빠져나갈 수는 없을 듯했다.

"얘기할 게 있어. 거기 편히 앉아."

마노는 다른 2학년들이 자리를 비켜주는 소파에 앉아 침착한 척했다. 땅바닥이라는 한마디에 울컥해서 자신의 끓는점을 폭로해보았자 좋을 일은 없었다.

"먼저 물어보겠는데. 네가 이 학교에 온 이유가 뭐지?"

"그야……"

몇 가지 이유에서 마노는 즉답하기를 망설였다.

시나이 광장에서 만난 이름 모를 소녀는 분명 이곳에 오는 데 동기를 제공하긴 했다. 그러나 그것뿐이라고 하기엔 이 아찔하고 위협적인 높이의 도시에 거는 엄마의 기대도 컸던데다 마노 자신이 마음먹었을 때 얼마만큼, 또는 어디까지 나갈 수 있는지 시험해보고 싶기도 했다. 시험에 한번 합격함으로써 그걸 확인하고 나니 거기서 그치지 않고 온전한 이곳 사람이 되는 서바이벌 게임에서 승리하고 싶어지기도 했다. 앞으로도 어떤 방식으로든 이어질 솎아내기 과정 속에, 마지막의 마지막까지 남는 사람. 그와 함께 떠오르는 혜택과 풍요, 자존감 등의 실리적인 낱말들.

그러나 무엇보다도 내가 왜 선배랍시고 처음 보는 인간이 묻는 말에 대답해야 하나? 그때 일락이 먼저 입을 열었다.

"머릿속으로 빙빙 돌려다가 어떻게 자기 생각을 좀 비싼 척 꾸며볼까 싶은 모양인데, 포장 까고 산뜻하게 요약해줄까? 한마디로 앞으로 커서 출세하고 싶잖아. 안 그래? 높은 자리에도 좀 앉아보고, 돈도 좀 만져보고, 그러다 보면 미녀를 얻고, 거기서 좀더 잘 풀리면 부모님도 편하게 사시게 해주고 싶겠지. 너네 같은 인간들의 생각 패턴에서 한 치도 벗어나지 않을 거야. 어때? 결국 배 두드리면서 잘살자고 죽도록 공부해서 온 거 아냐. 솔직히 땅바닥에 찰싹 들러붙은 삼류 학교에 간대도 별 탈 없는 걸 가지고."

또다시 땅바닥.

마노는 직설적이고 천박한 해석에 자신의 성취감이나 상승 의지가 싸구려 취급을 당하는 느낌이었지만 일락의 말을 부정할 수 없었다. 실제로 리본을 풀어 포장지를 벗기면 뜻은 크게 다르지 않은 속물적인 목적의식.

"그렇게 살기 위한 출발점으로 일부러 시험 본 게 여기란 말이지. 그래서 뒤를 좀 봐주겠다는 뜻이야. 네가 우리 학생회 전용 프락치가 되는 걸 전제로."

무슨 뜻인지 바로 와 닿지 않아서 그 제안이 얼마나 실용적이며 긍정적인지를 마노가 검토해볼 틈도 없이 일락은 말을 이었다.

"올해 합격한 지상의 아이들 예순다섯 명. 하나하나의 특성을 데이터화해서 그걸 분석하고 총점을 냈어. 입학시험 성적, 면담 시의 화법, 중학교 때의 활동 내역이나 성적 기록부, 기본 운동 능력, 가정환경, 가족 구성원, 재산, 양친 존재 유무, 양친의 직업은 물론이고 친인척 관계도와 직업 분포도 모조리, 외모는 말할 것도 없지. 키, 몸무게, 머리 둘레, 얼굴의 가로세로 비율, 신체 각 부분의 비율, 식성, 생활 습관, 종교, 집안 내력과 병력, 교우 관계는 어땠는지, 왕따를 당하거나 그 반대로 왕따를 주도 및 가담한 적은 없는지, 어떤 책을 읽었으며 그 책들에 대해 작성한 페이퍼 내용은 어땠는지. 너 같은 놈들을 여기 모셔오기까지 학교에서 안 알아본 게 없어. 그런 요소와 자료 들을 하나하나 컴퓨터로 분석하고 계측 가능한 데이터로 변환했어. 생각 이상으로 복잡하고 밀도 있는 작업이지. 그 데이터 총점을 기준으로 고른 게 너야. 알아들어?"

분명 입학 서류 한 장을 구비하는 데만도 상상을 넘어서는 호구 조사가 뒤따랐던 걸 마노는 기억했다. 입학 준비 기간이라면서 한 달 전부터 합격생들을 집합시켰던 기숙사와, 수시로 아이들을 둘러보며 태블릿으로 무언가를 기록하던 사감들이 떠올랐다. 이유 불문 출신 성분만으로도 어느 정도 감시를 받고 있으리라는 짐작은 했지만, 그 오리엔테이션 기간이 65명을 데이터화하는 데 필요한 것이었을 줄은 몰랐다.

"프로네시스라고, 땅바닥에서 온 녀석들 가운데 일부가 가담한 소모임이 있거든. 이름은 거창하고 그럴듯하지만 머릿수나 내용물이나 별 볼일 없는 한 뼘짜리 모임인데 명목상 그냥 독서하고 봉사하고 잡다한 친목 모임으로 등록되어 있어. 하지만 그 주체라는 놈들 근본이 수상해빠졌거든. 머리는 대충 쓸 만하게 돌아가는데 시간은 남아도는 것들이라고 보면 돼. 방주시에 불만이 많은 놈들이 변변찮은 작당을 하는 모임이란 말이야. 겉으로는 여기서 신세 좀 바꿔보겠다고 비비적거리는 척하지만, 실제론 여기를 엎어버리는 게 목적인 놈들. 빈곤한 도전 정신을 갖고 조금씩 찔러보다 잘 안 되니까, 자신들이 노력해서 더 높이 올라올 생각보다는 이미 위에 있는 자들의 척추를 접어서 주저앉힐 생각밖에 없지. 위선적인 것들이, 자기네들도 속으론 뭔가 먹을 떡을 바라고 올라왔으면서, 그 전까지 자기네가 속해 있던 땅바닥의 인간들한테는 이곳이 틀렸다고, 문제 있다고, 계몽주의자인 척 선동질하려 하지. 시스템이 어쩌고 불평하면서, 공정사회를 불신한다는 제스처를 보여주는 거야. 괜한 이야기가 아니야, 진짜로 작년에 어디서 배워먹은 건 있어가지고, 거기 회원이라는 것들이 광장에 나가 미디어 사 앞에 가서 시위를 하고, 항의 서한인지 재단의 비리 축재 증거 자료인지 각종 문서들을 뿌려대고 그랬는데, 그 정도는 우리 선에서 쉽게 수습할 수도 있고 애교로 봐줄 수도 있지만 그와 동시에 나머지 회원들이 학교 관리 시스템에 바이러스를 뿌려놨더군. 컴퓨터로 돌아가는 모든 체계가 뒤죽박죽되어가지고, 그거 복구하는 데만 일주일이 걸렸어. 주동자 일부는 퇴학, 대다수는 정학, 일 학년들은 뭘 모르고 선배들 따라다니다 그런 거라고 인정되어 근신. 소모임은 바로 폐부되었지만 그때의 일 학년이 그걸 전신 삼아 다시 만든 게 지금의 프로네시스야. 그리고 지금 부장이 네놈들 기숙사장이랍시고 나대는 윤시온."

조금 전까지 시온의 밝은 인사를 떠올리면서 들어왔던 마노는 그 이름이 나오자 순간적으로 움찔했지만, 곧이어 숨 쉴 틈도 없이 몰아치는 일락의 말에 일단 침묵을 지켰다. 어떤 반응을 보여도 여기서는 유리할 게 없을 것 같았다.

"그 이름부터가 신성모독이야. 선택받지 못해서 고작 잉여 인구로 들어온 주제에 시온이라니. 그들이 와서 시온[16]의 높은 곳에서

찬송하며 여호와의 은사 곧 곡식과 새 포도주와 기름과 어린 양의 떼와 소의 떼에 모일 것이라…… 예레미야서 삼십일 장 십이 절. 성경 읽어봤어? 물론 읽어봤겠지, 안 그러고는 여기 입학하기 힘들었을 테니까. 난 그게 열 받는 거거든. 그 주제넘은 이름을 갖고서 감히 자기가 탄 방주를 부수려 하는 게."

마노는 다음에 이어질 말의 내용보다도 눈앞에 있는 학생회장이 단지 독실한 신자인지 아니면 뭘 잘못 먹어 저러는지 참을 수 없이 궁금했다. 마노가 알기로 시온은 Zion이 아니라 베풀 시(施)에 어질 온(昷)이었다.

"원칙대로라면 근신 이상 처벌받은 놈은 아무런 장도 못 달게 되어 있어. 그런데 윤시온 그 자식이 데이터 종합 통계로 월등할 뿐만 아니라 눈에 띄고 인망이 있다고 알려졌으니까 예외적으로 뽑힌 거지. 기숙사 입실 비용이랑 이것저것 면제받느라고 그 자리 맡기 위해 얼마나 빌어댔을지 안 봐도 훤하지만. 재산 사항이나 가정 수준 항목이 바닥을 기는데도 종합 통계가 최상위라면 나머지가 어느 정도인지 짐작하겠지. 그런 점수와 상관없이 그놈과 관계되어 안심할 수 있는 일은 하나도 없어."

거침없이 쏟아지는 일락의 말 가운데 무슨 소린지 마노가 알아들을 수 있었던 건, 학생회장이 기숙사장과 사이가 좋지 않다는 사실뿐이었다. 아니 그보다는 일방적인 악감정에 가까워 보였는데, 그

---

16) Zion: 예루살렘 성지이자 유대민족 자체를 가리키는 명칭.

래서 결론은 어쩌라고?

"은에서 찌꺼기를 걷어내야 쓸 만한 그릇이 나오는 법이지. 잠언 이십오 장 사 절. 알았어? 너희들은 하나같이 은에 섞인 찌꺼기 같은 놈들이야. 하지만 너한테 그나마 좀 쓸 만한 불순물이 되게 기회를 주겠다는 거다. 네가 할 일을 구체적으로 알려주자면, 일주일 내로 정규 동아리랑 소모임에서 회원 모집하는 행사가 있어. 그때 거기 들어가라. 가서 일단 무조건 친해지고, 거기 있는 쓰레기들이 무슨 작당을 하는지, 얼핏 보면 작당처럼 보이지 않는 사소한 손짓이나 낙서 들도 다 체크해서 나한테 알려주면 돼. 물증을 확보하면 더 좋고. 그것들이 인터넷에 올리는 글이 한 줄이라도 보이면 캡처하고, 두 명 이상 모여서 얘기하는 게 보이면 다가가서 녹음이라도 해. 내가 보기엔 개교기념일 전후해서 뭔가 하기로 수작을 부리고 있는 게 틀림없는데 증거가 없어서 다른 조치를 취하지 못해. 그러니까 걔들 옆에서 꾸준히 손톱 거스러미라도 모아 오란 말이야. 걔들하고 교제에 쓰이는 돈이나 필요한 경비가 있으면 다 청구하고. 무슨 수를 써서든 10월 5일 개교기념일 전까지는 그것들을 쓸어버릴 만한 증거를 확보해와."

도저히 일반적인 학생의 입에서 나올 만한 말들이 아니라 마노는 두려움이나 불쾌감 이전에 어리둥절했다. 대화 소재만으로는 왠지 조직 사회 이면에서 대규모 계략과 음모를 꾸미는 것 같은데, 눈앞에 있는 단신에다 동안인 2학년 선배가 그런 말을 하니 민망한 실소가 나올 정도로 이질감이 느껴졌다. 자신의 주관보다는 꼴통이나 진보로 이분되는 어른들의 선입견이 고스란히 염색되어 그걸 자기 생각이라고 믿고 하는 말들.

"……그렇게까지 위협적인 일이라면 선생님들한테 말씀드려서 감시하고 해결할 문제 같네요."

상대에 대한 개인적인 호감 여부를 떠나 지금 마노가 할 수 있는 말은 고작 이런 수준이었다.

일락은 조금 사이를 두며 강약중강약을 조절하듯 친근하고 온화한 미소를 지어 보였으나 이어지는 말투는 아까와 크게 다르지 않았다.

"차츰 보면 알겠지만 이곳 선생들은 허수아비야. 공부 가르치는 기계라는 뜻에선 로봇에 가깝겠지만, 그 밖에 힘이 하나도 없다는 데에선 허수아비가 낫겠지. 선생들은 모두 땅바닥 출신이라고. 너 같으면 빽도 있고 가진 거 많은데 무슨 개한테도 안 던져줄 봉사 정신을 갖고, 대학도 아닌 고등학교에서 선생질하고 싶을 것 같아? 게다가 땅바닥 출신이 똑같은 땅바닥 것들에 대해 얼마나 세심하게 촉각을 곤두세울 것 같아? 곁에서 적당히 장구는 두드릴지 몰라도 표면에 나서지는 않아. 좀더 구체적으로, 내가 지금 네 팔을 꺾어버린다고 치자. 당장 이 문을 뛰어나가 아무 선생이든 붙잡고 살려달라고 소리쳐봤자, 굴러온 돌 중 하나밖에 안 되는 널 도와줄 사람은 없어. 하지만 그런 만큼이나 이곳의 박힌 돌들에게 적극 협조하지도 않아. 철저한 보신주의자에 방관자들만 우글거리지."

아무런 흔적도 남기지 않고 조용히 자기 몸 하나 지탱하는 일의 어려움을, 마노는 중학 시절에 겪어보지 않았다. 자기가 속한 곳은 대체로 양지였다. 누구를 헐뜯거나 고발할 일이 없는 한낮의 시간이 햇빛 아래 펼쳐져 있었고 굳이 먹이사슬 피라미드를 그린다 해도 자신이 상대적 우위를 점하고 있다는 사실을 모르지 않았다. 방 주고 대비 특별반 교사가 첫 강의 시작하던 날 했던 이야기, '너희들은 이제 뱀의 머리에서 용의 꼬리가 되어 간다'를 이런 식으로 실감하게 되리라곤 생각지 못했다.

"······그런데 왜 하필 나인지 모르겠네요. 이런 일에 적당한 더 좋은 인재가 예순다섯 명 중에 반드시 있을 텐데. 머리도 더 좋고 센스도 개성도 더 뛰어난······ 최소한 눈에 띄는 합격생이."

"너 뭘 모르는구나."

일락은 구원받기를 거절하는 이방인을 보듯이 딱하다는 눈빛을 하고 웃었다.

"데이터 총계를 냈다고 했지. 너는 그중에 딱 가운데야, 구십칠부터 육십육 점까지 있다면 팔십일 점짜리가 너라고. 너무 잘나지도 않고 너무 추레하지도 않은 중간 규격의 눈에 띄지 않는 인간, 맹물만큼 평범한 인간이 프락치 노릇을 하는 데에는 제격이란 말이다."

고작 그런 이유로 사람을 우습게 보고. 마노는 온 잇새와 땀구멍으로 새어나오는 분노를 더 이상 감추지 않았다. 이 분노가, 사람 간 관계와 신뢰를 갖고 놀면서 비겁하게는 살기 싫다는 인간 보편의 소신 때문인지, 채점 결과로 사람을 고르는 일반 사회의 논리가 학생들만의 공간에까지 노골적으로 침투해 들어왔다는 데 대한 거

부감인지, 이도 저도 아니면 마노 자신의 평가가 상대적으로 낮은 데 대한 실망인지 확실치 않은 채로. 아무래도 상관없는 일이기는 하지만 조금 전 데이터 얘기가 나왔을 때부터, 부모가 모두 번듯한 직업을 가진 마노는 자신이 루비와 함께 웬만큼 상위권이리라고 믿었더랬다. 그건 여기 사람들의 번듯하다는 기준이 적어도 국회의원이 아니면 판검사나 변호사, 의사 정도라는 걸 몰라도 너무 모르고 한 생각이었다.

"안 하겠다면요?"

"대답 전에 먼저 이걸 보고 얘기하지."

방 한가운데 있는 대형 모니터가 켜졌다. 어느 빈 교실과 연결된 모니터인지, 거기 루비가 있었다. 루비의 눈과 입은 수면 안대와 수건으로 가려져 있고 손은 의자를 둘러 뒤로 놓은 것으로 보아 묶인 게 분명했으며 옆에 감시자처럼 서 있는 세 명의……

마노는 그 자리에서 튀어 오르듯 일어섰다. 어딘지도 모르면서 당장이라도 그 교실로 달려갈 기세였다. 그와 동시에 옆에 있던 2학년들이 이런 일 많이 해봤다는 듯이 숙련된 몸짓으로 마노를 찍어 눌렀다. 몸부림을 치다가 마노는 소파 앞 티테이블에 머리를 부딪치고 쓰러졌다.

그러고도 몇 걸음을 다시 기어 나갔으나 끝내 세 명의 힘을 이길 수는 없었다.

"이 개새끼들, 루비를 어떡하려는 거야, 학생회는 무슨 얼어 죽을, 이 깡패 조폭 새끼들이……"

"아직 아무것도 안 했어. 네가 대답을 안 했으니까. 저기 있는 네 반쪽은 자기가 왜 저런 일을 당하는지도 모르고 있지. 대답에 따라 저 얼굴, 네놈은 물론 부모도 몰라볼 만큼 초현실적으로 만들어줄 수도 있고."

턱밑까지 차오르는 호흡과 함께 몇 가지 생각이 마노의 혈관을 타고 폭포처럼 흘러갔다. 이건 정말로 입속의 혀처럼 부려먹을 사람이 필요해서가 아니라 그저 괴롭히고 싶을 뿐인지도 모른다. 일종의 신고식일지도. 특별 전형으로 방주고에 올라온 지상의 아이들이 마음에 들지 않아서, 짓밟고 싶어서.

그러나 그런 단순한 왕따 목적이라기에는 장비를 포함해서 공들여 꾸며놓은 무대가 지나치게 용의주도했으며, 학교 방침을 거스르는 불가촉천민(不可觸賤民)들을 잡아내겠다는 일락의 열정은 그의 신분이나 환경을 고려하더라도 비정상적으로 확고해 보였다.

"악을 버리며 선을 택할 줄 알 때 버터와 꿀을 먹을 것이다……이사야서 칠 장 십오 절. 뭘 그렇게 고민해? 조금만 협조해주면 학교생활 팔자 늘어지게 해주겠다잖아. 성적도 웬만큼 바닥을 기지만 않으면 어지간한 대학은 내키는 대로 추천받게 도와준다고, 내가 졸업하더라도 말이지. 물론 여기쯤 왔으면 우물 안 개구리처럼 국내 대학에 갈 생각으로 온 놈은 아니겠지만, 원한다면 말이야. 그뿐인 줄 알아? 너 여기서 계속 살 생각으로 온 거 아니야?"

조금만 협조해주면.

그 말은 조금만 영혼을 팔면,으로 들렸다.

어떤 탐색전

마노는 인적 없는 가나안[17] 길 중턱에 우거진 나무숲 뒤편에서 목구멍에 손가락을 깊이 집어넣고 구역질했다. 토할 만큼 대용량으로 마시지는 않았으나 식도를 타고 무언가 끊임없이 쏟아져 나왔다.

이윽고 마노는 일어나 바지에 묻은 모래를 털고 구두로 바닥을 쓸어 토한 자리를 메웠다.

아까부터 진동하는 주머니 속 휴대전화를 무시하며 발걸음을 옮긴다. 보나마나 루비다. '야. 이 자식 너 대체 어디 있어. 내가 무슨 일을 당했는지 알아? 여기 사는 새끼들 미친 게 틀림없어. 빨리 연락 좀 줘—' 그런 문자 메시지가 이미 몇 통이나 도착한 뒤다. 흥분한 루비가 펄펄 뛰는 걸 가만히 앉아 들어줄 여력이 마노는 없었다.

---

17) Canaan: 아브라함과 그의 후손에게 내려진 약속의 땅.

마노는 저녁 식사 전에 경제학 특강을 신청해두었던 게 생각나서 아디엘 관 쪽으로 걸음을 옮겼다. 그나저나 앞으로 윤시온, 즉 일락의 구체적인 목표물과는 어떻게 친한 척을 시작해야 할지 막막했다.

"잠깐만요."

인적이 없다고 확신해서 온 곳이었는데, 등 뒤에서 부르는 여자 목소리에 마노는 소스라쳤다.

뒤를 돌아보니 교복 마크 색깔로 보아 2학년이기는 한데 분명 기숙사 사람은 아니었다. 마노는 기숙생이라면 하루 두 번 식사 시간에나 스쳐가는 여자 선배들까지도 빠짐없이 얼굴을 기억했다. 그런데 누구? 왜 또 나를 부르지? 학생회 때문에 이제 마노는 누군가 자기를 부르는 것만으로도 스트레스가 되었을뿐더러, 상대방이 대체 언제 어디부터 보고 있었는지가 걱정됐다.

그러나 상대의 얼굴을 보고 마노는 한순간 마음이 평화로워졌는데, 그녀 얼굴에는 아까 본 무리같이 선명한 적의 대신 호감이 드러나 있었다. 세라믹 도자기 같은 얼굴에 마주보게 놓인 두 개의 둥근 달걀 모양을 한 감색 뿔테안경에다 하나로 틀어 묶은 밝은 색 곱슬머리까지 어디를 보아도 바람직한 생각만 하고 건전한 말만을 귀담아 들으며 행동으로 옮길 것 같은 모범생 타입이었다.

"이거 떨어뜨렸는데."

그러면서 내미는 상대방의 손가락 끝에 마노의 펜던트가 걸린 채 가늘게 흔들리고 있었다. 마노는 아직까지 구역질로 눈앞이 혼미했지만 그걸 보고 정신이 들어서 주머니를 뒤지다가 휴대전화밖에 손에 잡히지 않는다는 걸 깨달았다. 아무리 정신이 없더라도 그렇지 저걸 떨어뜨리다니. 마노가 어름더듬 한 손을 내밀자 그녀는 손바닥에 펜던트를 올려놓았다.

"이거 안에, 열어본 건……"

이미 입 밖으로 말이 나가면서도 마노는 자신이 실수하고 있다는 걸 알았다. 고맙다는 말 이전에 질문이 먼저 나가다니 이런 미친 놈. 그러나 혹시라도 열어서 안을 봤다면 그 안의 머리카락, 아무리 잉카시대 결승문자처럼 예술적으로 꼬아놨어도 소재가 머리카락인 이상 누군들 좋게 볼 리가 없다. 엄마가 방주고 시험 합격하라고 억지로 구해다준 부적이라고 둘러댈까? 그러나 그녀는 상냥하게 웃으며 어깨를 으쓱해 보였다.

"아니, 실은 열어서 이니셜 같은 거 새겨져 있나 보고 주인을 찾아주려고 했는데. 바로 앞에 사람이 가고 있으니까 틀림없다고 생각하고 그냥 뛰어왔지."

그녀가 기분 나빠하지 않고 대답하자 마노는 안심했다.

"고맙습니다."

"일 학년이구나."

"네."

"기숙생이니?"

적절한 단어 선택에 말투마저 영롱한 울림이 있었다. 아까 일락네가 내뱉던 '땅바닥 것들' 내지는 '쓰레기들'이라는 말 대신 '기숙생'이라니. 이 얼마나 이치에 합낭하고 적절하며 가치중립적인데다 공정한 표현인지.

"네, 맞아요."

"그랬구나. 그런데 벌써 학교 지리를 꽤 잘 아네. 가나안 길은 후미져서 보통들 안 지나다니는데."

"저희는 한 달 전부터 와서 교육받았거든요. 게다가……"

꼭 혼자 있어야만 했고. 마노는 대답 대신 펜던트 뚜껑을 살짝 열어 머리카락이 곱게 리본 모양으로 묶여서 들어 있는 것을 확인한 다음 고개를 꾸뻑했다.

"그럼 가볼게요. 고맙습니다."

"그거 되게 중요한 건가 보다."

"네, 뭐, 그렇죠."

마노는 이 펜던트 이야기는 더 이상 하고 싶지 않았다.

"그러면 말이지. 모르는 것 같아서 알려줄게."

"네…… 뭘요?"

"여기가 너희들 살던 데랑 좀 달라서, 오해하지 말고 들어줘. 어디가 더 낫다 못하다가 아니고, 방주시라는 공간 자체가 높이 때문에라도 어쩔 수 없이 폐쇄적이잖아. 좁은 데서 어디 안 나가고 복작대면서 살다 보니 관습이나 예의도 좀 독특해서. 이를테면 바닥에 떨어뜨린 걸 주워준 상대한테는 말이지, 물론 그 물건의 중요성에 따라 사례의 크기가 정해지곤 하는데…… 캔 커피 한 개라도 보답하는 작은 인사를 빼먹지 않는 게 보통이야."

사람에게 고마움을 표시하는 일이야 만국 공통이라도 그 실천 여부는 개인 정서와 의지에 달렸다고 생각했는데, 그것이 하나의 규칙처럼 굳어졌다는 말은 오리엔테이션 내내 들어본 적이 없어서 마노는 깜짝 놀랐다. 그러나 양식 있고 세련된 사람들이 모여 사는 방주시라면 그럴 법도 하다는 생각이 들었다. 그런 사람들 가운데에도 아까 학생회 일당 같은 놈들은 어디든 있게 마련이나, 당장 눈앞의 그녀만 보더라도 이곳은 도시 개발 계획 단계부터 선별된 사람들이 들어와 있는 곳이라는 새삼스러운 깨달음이 들었다. 그 선별에서 어쩌면 염색체 검사까지 마쳤을지도 모른다. 자기들만의 독자적인 관습이나 품위가 있다 해도 무리가 아니었다. 사회적으로 상당한 지위가 있는 사람들이 사는 만큼 어느 외국의 인사 방식이 자연스럽게 몸에 배었을지도 몰랐다.

"……아! 그랬어요. 몰랐네요. 죄송해요. 저 그러면."

마노가 당황해하자 그녀는 웃으며 손을 내저었다.

"아냐, 괜찮아. 이번은 네가 모르는 것 같아서 귀띔한 거야. 솔직히 나도 내가 말해놓고 얻어먹기는 미안하잖아. 아주 한참 지나서 이다음에, 이 일하고 아무런 상관없이 그냥 그럴 마음이 생기면 불러줄래?"

'이외에 내게 빚진 것을 내가 말하지 않겠다'[18]라는 말이지. 마노뿐만 아니라 기숙사 아이들은 종교적 함의로 이루어진 방주시에 입성하기 위해 누구나 기본적으로 성경을 일독했다. 마노는 비록 일

---

18) 빌레몬서 1장 19절.

락이 하듯이 저 필요할 때 유리한 구절만 골라 써먹을 만큼 통으로 꿰고 있지는 못했지만, 지금 이렇게 예의 바르게 사양하면서도 원하는 말을 분명히 다 하는 사람을 보고 어름더듬 떠올릴 만큼은 되었다. 그러면서 그녀가 말하는 이곳 사람들 특유의 관습마저 성경 속의 몇몇 대목에서 비롯되었을지 모른다는 생각도 들었다.

"네. 꼭 그럴게요. 진짜 고마워요. 저 그런데 누나 이름을 알아야……"

그녀는 자기 휴대전화를 꺼내 흔들어 보였다. 마노가 얼결에 자기 것도 주머니에서 꺼내자, 그녀는 전화기끼리 통 소리가 나게 부딪쳤다.

"이름 잊어버리면 섭섭할 거야."

그녀는 손을 가볍게 흔들어 보이고는 아디엘 관 반대쪽으로 걸어갔다. 작은 보스턴백을 팔에 걸고 있는 걸로 봐서는 이제 하굣길인 모양이었다.

마노는 그녀가 남긴 이름과 연락처를 내려다보았다. 유다나. 학생수첩 어플리케이션을 실행시키고 그 이름을 검색하자 2학년 H반으로 나왔다.

사진이 등록된 시기는 1년 전으로, 여기서 다나는 안경을 끼고 있지 않고 머리를 푼 모습이었는데 그걸 보고 마노는 숨을 삼켰다. 5년 전 광장에서 만난 소녀를 닮았다.

"……아니? 그런 관습 같은 거 없는데. 여기가 뭐 별세계냐, 똑같이 사람 사는 데에서. 그거 딱 보니까 그냥 작업 들어온 거네. 아니면 그저 지상에서 온 일 학년을 한번 놀려보고 싶어서."

저녁 식사 뒤 휴게실에서였다. 마노로서는 다나가 했던 말이 정말인지 궁금하기도 했거니와, 그걸 물어본다는 걸 구실로 시온에게 한마디 말을 걸어보는 것도 목적이었다. 상대에게 익숙해지거나 일락이 시킨 대로 '친해지려면' 다음 주 동아리 소개 때까지 넋 놓고 기다릴 수 없었다.

휴게실에서는 여남은 명이 중앙의 대형 텔레비전을 보거나 차를 마시며 잡담을 나누는 등 자유 시간을 즐기고 있었다. 시온은 읽던 전자책에 종료 명령을 내렸다. 선배에게 놀림당한 가련한 1학년의 고민을 더 들어주기 위해서였지만, 누가 그러더냐고는 묻지 않고 다만 상대가 이야기하기 편하게 분위기를 만들어주었다. 점호 때나 만날 뿐 가까이 지낼 일이 없는 사람이었지만 마노는 태도나 말 한마디, 어디를 보든 신뢰가 가는 인간 유형이라는 게 정말 있구나 싶었다. 그리고 일락의 비열한 짓은 그릇 크기에 대한 열등감의 발로인지도 모르겠다는 생각마저 들었다.

"어. 그러니까 여기가 폐쇄적인 공간이라 그런 문화가 생겼다고 그랬어요."

"똑같아! 폐쇄적인 건 맞지만. 방주시가 만들어지고 나서 한 수십 년쯤 지났다면 모를까, 아직 그 지경까지는 아니야. 이 폐쇄성이 지속되면 언젠가는 그런 예의 바른 관습들 말고도 더 희한한 문화가 독자적으로 생겨날 가능성은 있지."

마노가 일락에게 협박받기 전이라면 몰랐을 텐데, 시온이 지금 말하는 희한한 문화란 어쩐지 앞의 말과 대비되어 부정적으로 들렸다. 실제로 시온은 티를 내지 않지만 이곳에 불만이 아주 없지는 않은 듯했다…… 생각하다가 마노는 속으로 코웃음 쳤다. 자기가 몸 붙인 데에 만족하는 인간이 몇이나 된다고.

그런 생각이 자기도 모르게 마노의 얼굴에 드러났는지, 시온은 마노를 돌아보고는 손사래를 쳤다.

"아, 미안. 아직 너희들 같은 애들에게 할 만한 얘기는 아닌데."

'아직'이라고 했다, 분명. 마노는 그 짧고 광범위한 뜻을 지닌 낱말에 의미를 부여하지 않을 수 없었다.

"그냥 말해도 되는데요. 언제 들으나 같은 내용이라면."

"아냐, 나중에. 여기서 할 만한 얘기도 아니고. 그보다 너 오늘 지나가면서 보니까 거의 식사를 못 하더라. 속이 안 좋아?"

말을 돌리고 있어. 하지만 사실이기도 하지. 그건 또 언제 봤담. 기숙생 총 인원이 채 200명이 안 된다고 해도 일일이 그 사람들의 상태를 알아차리기란 쉽지 않다. 우연히 스쳐보았을 뿐이라면 더욱 그렇다.

"뭐, 그냥 좀."

낮에 수상한 걸 먹어서 속이 뒤집힌다고는 절대로 말 못 해.

"경제학 특강이 좀 지루하긴 했지. 나는 작년에 들었던 거지만. 거시경제학이 어쩌고, 미시경제학이 어쩌고 하는. 아니 오늘 건 리스크의 사회적 분배에 대한 거였나. 그보다 혹시 약 필요해? 비상

약은 종류별로 다 있는데."

"그런 거 아니고, 음식이 너무……"

"너무?"

"날마다 어찌나 호화찬란한지 숨이 턱턱 막히는데다 부담스러워서요."

단순히 일시적으로 속이 좀 불편할 뿐인데, 시온이 응급 위경련 환자라도 보는 듯한 걱정스러운 얼굴을 하기에 마노는 슬그머니 고개를 돌렸다. 사실 이곳의 식단은 철저하게 두뇌 활동과 학업에 도움 되는 방향으로 짜기 때문에 마노 말처럼 호화롭기만 한 것은 아니었고 때에 따라 사찰 음식처럼 나오기도 했다. 그러나 마노는 통계와 이론에 입각한 그 깔끔한 식탁이 경직되어 보였고 불편했다. 파슬리에 소스를 끼얹은 방식에서 사소한 장식에 이르기까지 평범한 식사가 아님을 강조하는 우아하고 차가운 요리의 배열. 그걸 보면 마치 인스턴트 컵라면을 몰래 먹던 아이가 일류 조리사한테 들켜서 음식에 대한 모욕 운운하는 소리를 들어가며 야단맞는 느낌마저 들었다.

"진작 말하지. 가끔 적응 못 한다는 애들이 있어서 당분간 식단을 따로 짜주기도 하거든. 내일 당장은 바꾸기 힘들고, 모레부터 그렇게 해달라고 식당에 말씀드려놓을까?"

"아뇨, 괜찮아요."

반드시 그게 직접적인 이유도 아닐뿐더러, 부적응 상태를 광고하는 건 자신의 무능력을 증명하는 꼴이다. 누구에게든 촌스러워 보이는 빌미를 제공하는 건 이제 질색이라는 말도, 절대로 못 해.

그러나 이어지는 시온의 말은 뜻밖이었다.

"나도 여기 와서는 한동안 그놈의 밥 때문에 쏠려 가지고 잘 알아. 대체 머리털 나고 처음 먹어보는 것들밖에 없잖아. 이름도 죄다 괴상하기 짝이 없고. 좋은 재료 못지않게 중요한 게 마음이 편한 식사인데, 여기서는 마치…… 우리는 이 정도 먹는 게 보통이야, 대단하지? 뭐 이렇게 기선을 제압하는 듯한 요리들을 쏘아대니 그게 거부 반응을 일으켰는지도 모르지."

마노라고 사정은 크게 다르지 않지만, 기숙사에서 일주일에 열여섯 번 식사를 한다면 그중 일곱 번은 지상에서도 최소한 본 적 있거나 이름이라도 들어본 메뉴를 만났다. 맞벌이 부모님과 함께 최소한 2주에 한 번꼴로 외식을 하곤 했다. 꼭 그런 가정이 아니더라도 해물 스파게티나 불고기 그라탱 같은 건 누구든 흔히 먹는다고 생각했는데 이 형은 대체 여기 오기 전까지 뭘 먹고 산 거야?

"우리 어머니가 작은 분식집에서 일하셔서 그 메뉴판에 적힌 것들 말고는 먹어본 적이 없었어."

"아, 네."

"왜 그렇게 존경해 마지않는다는 눈으로 사람을 보고 그래?"

"아, 그게…… 오해하지 마시고요. 그 왜 보통, 저는 그런 편견 따위 없지만요, 전체 기숙생의 절반 이상이 변호사나 교수, 의사 등등을 부모님으로 두고 있는 이곳에서 그런 얘기는 쉽게 할 수 있을 것 같지 않아서요."

말하면서도 마노는 알고 있었다. 자신이 편견 없음을 드러내는 건 실제로 편견을 숨기기 위해서인 경우가 있다. 두루 눈이 뜨이고 맘이 열린 사람인 척하는, 상황이나 상대에 따라 유효적절한 옷을 갈아입기 위한 몸짓이다. 그러면서도 마노는 이미 '응? 어머니뿐이야?'라는 의문부터 시작하여 아버지의 부재를 비롯한 총체적 집안 환경까지 색안경 낀 눈으로 바라보고 있음을 인정하지 않을 도리가 없었다.

"누구나 마찬가지로 나도 우리 어머니 자랑스럽고 고마워. 난방이 끊긴다든지 집세나 학교에 낼 돈이 분기별로 한 번쯤은 밀리곤 했지만 크게 불편했던 적은 없고. 상대적 박탈감은 말 그대로 상대적일 뿐이지 그걸 꼭 내가 느껴야 하는 건 아니니까."

그렇게 말하는 시온은 정신적으로 여유로워 보였다. 그전까지 시온의 행동과 표정에서 드러나는 인격과 여유, 품위 같은 것들로 미루어볼 때 보통 길나가는 집 자식이 아닐 거라고 마노는 믿었다. 일락의 말로 그 예상은 틀렸음을 알게 됐지만, 그렇다고 해서 상대의 부드럽고 넉넉한 성품에 대한 감탄까지 사라지는 건 아니었다. 더하면 더했지.

물과 같은 사람. 곁에 있는 이까지 깨끗해질 것 같고, 역주행하는 법이 없이 한 방향으로 올바르게 흘러가며, 아무리 비좁은 틈이라도 스며들어갈 수 있는 유연함이 그랬다. 그러나 그 물은 결코 담백하거나 무미하지 않고 온갖 무기염류가 들끓는다는 사실을, 마노는 나중에 알았다.

그때 시온은 자판기 앞에 다가간 누군가를 향해 손을 흔들었다. 허리를 숙여 자판기에서 캔을 몇 개 집어 들고 그들 쪽으로 다가온 얼굴은 마노도 잘 알고 있었다. 이번에 같이 들어온 신입생 중 하나인 남달리였다. 처음 봤을 때부터 아무렇게나 친 머리카락이 어수선하게 얼굴을 가려서 남자애인 줄로만 알았던. 심리상담연구실에서 마노의 옆자리에 앉아 박사에게 뭐라고 딴죽을 걸어서뿐만이 아니라 여러모로 부정적인 의미에서 눈에 띄는 아이였다.

달리는 시온에게 녹차 캔을 하나 던지며 마노를 흘끔 돌아보았다. 거의 드러나지 않았지만 제삼자가 방해된다는 듯이 눈살을 분명 찡그리고 있었기에 마노는 그 시선이 불편했다.

달리와 시온은 지상에 있었을 때 같은 중학교 선후배였다고 하며 둘이 잠깐 사귀었거나 현재진행형이라는 얘기가 있어서 여자애들은 기숙사장이 아깝다고 입을 모으곤 했다. 그건 달리에게 여러 가지 지저분한 뒷얘기가 따라다니기 때문이었는데, 중학교 때부터 관계한 남자가 어른 아이 불문 서른 명은 넘는다더라부터, 그중 열 명은 아픈 엄마의 치료비를 구하기 위한 상대였다는 식의 후속 통신도 전해지지만 지금 엄마를 지상에 두고 혼자 방주시에 온 걸로 봐서는 신빙성이 없었고, 이름만 대면 알 만한 누구(정치 관계 종사자라는 부연과 함께 이니셜까지 알려져 있다)의 사생아로서 평민 수업을 하는 중이라느니, 그 밖의 소문들을 종합하면 한 사람에게 일어난 일이라고 생각하기엔 지나치게 기구할 정도였다.

시온은 한 손으로 캔을 받아서 흔들었다.

"샘플은?"

"다 돼가. 도무지 실험해볼 데가 없어서."

달리는 대답하면서 마노 앞에도 캔을 한 개 올려놓았다.

"내키면 마셔라."

캔에는 스트로베리 크림소다라고 적혀 있었다. 마노는 이름만으로도 필요 이상의 열량과 혈압 상승을 유발하는 당도가 느껴지는 이 음료를 자신이 제정신으로 마실 수 있을지 고민했다. 일단 받아두는 게 좋을까. 이것도 탐색의 일부일지 모른다.

그러나 달리는 자기 손에 남아 있던 캔을 보더니 실수했다는 듯이 곧 바꾸어 올려놓았다.

"아, 그게 아니고 이거."

이번엔 이온 음료여서 마노는 안도하며 고개를 끄덕였다.

"잘 마실게."

"오냐."

세 개의 칙, 소리가 동시에 저마다의 손끝에서 터졌다. 첫번째 한 모금 마시는 동안은 아무도 입을 열지 않았다.

마노는 곁눈질하여 그 끔찍한 스트로베리 크림소다를 삼키는 달리의 목선을 보고 다시 한 번 여자가 맞다는 걸 확인했다. 지금까지 한 달여 동안 종종 마주쳤는데도 한 번도 그 얼굴을 유심히 본 적이 없었다. 물론 마노는 자기의 시선이 언젠가는 찾아낼 광장의 그녀를 바라보기 위해 존재한다고 간지러운 구실을 삼았지만 실은 단지 소문 안 좋은 아이랑 눈 마주쳐서 뭐하겠나 싶은 생각이었다. 지금 들쭉날쭉한 머리카락을 귀 뒤로 넘기면서 드러난 작은 얼굴은 탄력 있어 보이며 선이 곱다(그 머리카락마저, 중학교 졸업 직전에 담임하고 근본적인 이유까지는 알려지지 않은 몸싸움을 하다가 제 분에 못 이겨 스스로 가위로 잘라버렸다는 얘기가 있다).

"모든 연구에는 실험이 필수지만 여건이 안 되니 어쩔 수 없지. 그래도 널 믿어. 정 뭐하면 사각지대가 있나 살펴보겠지만."

"아냐, 그렇게까지는 안 해. 나도 오래 살고 싶다고. 그냥 규모를 한 팔십 퍼센트 축소해서 모의실험으로 해볼까 생각 중이야. 그것도 안 되면 그냥 시뮬레이션 한 번 돌려보고 말려고."

"그럼 일 차로 완성되면 말해. 실험실 비는 시간 알아볼게."

그들은 마노가 어차피 아무것도 못 알아들을 테니 상관없다 싶은지 핵심만 빼고 이야기를 나누고 있어서 마노 귀에는 익숙지 않은 외국어와 부호의 조합으로 이루어진 암호문처럼 들렸다.

샘플? 모의실험? 이 학교에 뛰어난 인재들이 모여 있다는 사실은 새삼스럽지 않지만, 이들은 뭘 만들고 있는 걸까. 그 대화에서 감지되는 거라곤, 그들 두 사람이 서로 신뢰가 얕지 않다는 걸 느끼게 해주는 공기뿐이었다. 단순한 중학교 선후배 사이라도 1200미터의 고공에 그들끼리 뚝 떨어져 있으면 연대가 단단해질 법하지만, 이들의 관계는 그 이상으로 보였다.

그런데 아무리 예전부터 알고 지낸 사이라지만 달리는 마노와 마찬가지로 한 달여 전부터 기숙사에 들어와 있었고, 시온은 고향에 갔다가 일주일 전에야 돌아왔다. 무언가 팀을 꾸려 학문적 프로젝트를 구상하기에는 부족한 시간이었다. 오래전부터 꾸며온 모종의 계획 같은 게 있지 않고서야 나눌 수 없는 대화였다.

그때 시온이 생각에 잠겨 있는 마노의 어깨를 두드렸다.

"미안. 우리끼리 얘기해서."

"네? 아뇨, 상관없는데요. 뭐 개별 연구 주제를 벌써들 정하셨나 보네요."

방주고 학생들은 졸업 전에 2인 이상으로 이루어진 팀을 꾸려 분야에 상관없이 논문을 제출하게 되어 있었기에 마노는 얼른 그걸 떠올리고 말했다.

"비슷하긴 한데…… 나중에 기회나 인연이 닿으면 알려줄게. 속은 좀 어때?"

"괜찮아요. 그럼 이만 갈게요."

씩씩거리며 휴게실로 들어서는 루비를 보고 마노는 얼른 일어섰다.

"이 자식, 내가 그렇게 찾는데 씹어?"

"아, 미안하다니까. 정말 급한 일이 있었어. 다친 데는?"

마노의 다리를 발로 차고 등을 때리며 되돌아나가는 루비의 뒷모습을 보고 있는 시온에게 달리가 중얼거리듯이 물었다.

"무슨 생각이야."

시온은 빈 녹차 캔을 한 손으로 찌그러뜨리고는 만지작거렸다.

"애가 생각이 깊고 진중해 보여서 좀 살펴봤을 뿐이야. 순진해 보이기도 하고."

"순진해? 어디를 봐서. 말 한마디 안 하고 가만있었지만 머릿속으로 뭘 생각하는지 모르겠던데. 오빠는 자기가 쟤를 들여다봤다고 하지만 내가 보기엔 오히려 쟤가 우리를, 뭔가 줄곧 탐색하는 눈초리였어."

"내가 그걸 몰랐을 것 같아? 하지만 상대가 어떤 사람인지 알려면 이쪽에서도 패를 한 장 까야지. 그래도 아직 아무것도 모르는 일이야, 이쪽에 먼저 관심을 보이는 이들에게만 문을 열 생각이고."

시온의 손끝을 떠난 캔은 금속 재활용함의 모서리를 맞고 가볍게 떨어졌다.

소수 정예

아디엘 관 15층에는 36개의 작은 동아리방이 다닥다닥 붙어 있었는데, 시온네 소모임인 프로네시스가 쓰는 동아리방은 그 중간쯤인 엘리베이터 옆에 있었다.

문밖 복도에 준비된 세 개의 접의자에 루비와 마노 그리고 두인이 나란히 앉아 차례를 기다리고 있었다.

루비는 휴대전화로 하던 게임을 종료하고 시계를 들여다보았다.

"야, 이마노. 쟤 들어간 지 십 분 넘지 않았냐? 기가 막혀서. 뭐 이렇게 오래 걸려. 입사 면접 보나."

쟤라는 건 소모임 입부 신청자 가운데 첫번째로 면담에 들어간 달리를 가리키는 말이었다. 마노도 의아했던 것이, 소모임 가입 신청서를 내면서 이미 거기 적혀 있던 적잖은 설문에 충실히 답을 써낸 뒤라 거기서 최종 합격자를 걸러내는 면담이 따로 있으리라곤 생각지 못했다. 중학교 때 방송반이나 교지 편집부처럼 학교 직속 활동 기구의 경우에 한해 필기시험과 면접이 있을 뿐, 나머지 동아리에서 필요로 하는 건 대개 '관심'이나 '열정' '흥미'와 같은 추상적이고 순수한 아마추어의 감성이었다. 미술부나 운동부에서 실기시험을 보기는 했지만 독서 소모임에서 면접시험이라니. 대체 무슨 생각이지? 이걸로 무얼 알아내려는 거지?

"쟤는 어차피 시온 오빠랑 사귄다면서 그걸로 그냥 프리 패스인 주제에—아, 나 이따가 친구랑 약속도 있는데."

"그럼 관두고 너 먼저 가든지."

루비가 종알대는 걸 더 이상 참지 못하고 마노는 자기도 모르게 내뱉었다.

"왜 신경질을 부린대. 너는 이상하게 생각해본 적 없어? 몇 명 안 되는 선배나, 지금 우리 구성원. 뭐 좀 어색하지 않아? 이게 정말 제대로 된 동아리가 맞긴 맞는지. 죄다 기숙생들이라고, 마치 신청서 단계부터 기숙생 아닌 아이들은 다 걸러낸 것처럼 말이야."

루비는 더 이상 토를 달지 않았지만 입술을 삐죽 내밀고 휴대전화로 다른 게임을 내려받았다. 루비는 지난번 대강당에서 있었던 각 소모임 안내 이벤트를 둘러보던 마노가 망설이지도 않고 여기다 가입 신청서를 내는 걸 보고, 전교생이 의무적으로 소모임 하나씩 가입해야 하는 줄은 알지만 그 활동 내역이 생활기록부에 평가 반영되는데 왜 하필이면 이런 지루해 보이는데 스펙도 별로 쌓일 것 같지 않은 모임을 골랐을까 싶으면서도 따라서 썼을 뿐이었다.

얼마 전 2학년들이 다짜고짜 감금한 뒤 루비는 통학 전후 기숙사에 들어갈 때까지 가능하면 마노와 가까운 데 있고 싶어 했다. 루비는 중학교 다닐 때 이런 비슷한 일조차 겪어보지 못했다. 조금 철없기는 하지만 대담하고 활동적인 성격으로 다른 아이들에게 선망의 대상이 된 적은 있어도 이유 모를 폭력의 희생자가 될 만큼 남에게 만만하게 보인 적은 없었다. 결국 그 2학년들의 목적을 알지 못한 채 다만 지상의 아이들에 대한 해코지라고 결론 내릴 수밖에 없었던 것이 루비에게는 충격과 상처로 남았는데, 그 모습이 하루아침에 몰락하고 비탄에 빠진 귀족 영양 같아서 마노는 되도록 누이의 과민한 두려움과 신경증을 잠자코 받아주었다. 조금만 지나면 괜찮아지리라 믿으며. 그래서 더 이상 입을 열지 않았지만 마음 같아서는 명색이 쌍둥이인 루비가 자신의 의도를 언젠가는 알아챌 것 같아 되도록 누이와 가까운 곳에 있지 않았으면 했다. 안 그래도 루비는 벌써 이곳 구성원의 출신 성분부터 편향되어 있다는 걸 눈치채고 있었다.

마노가 심장이 깜작거리는 소리를 들으며 달리가 나오기를 기다리는 동안, 달리 다음으로 면접에 들어갈 두인은 언뜻 무심해 보이면서도 혼란과 낭패감이 가득한 얼굴을 하고 벽에 기대앉아 있었다. 어쩌다 잘못 걸렸다는, 자기 선택에 대한 회의와 불편을 억누르는 모습이었다.

뭐가 됐든 소모임 하나는 들어서 활동해야 기말 평가에 1점이라도 유리해서 어쩔 수 없이 신청서를 낸 것뿐인데, 그런 의무감이나 조바심을 바탕으로 무성의하게 가입하는 것치고 뜻밖에 절차가 까다롭다는 생각이었다. 각 소모임에서 어떤 활동을 하는지 호기심뿐만 아니라 아무런 의욕도 열망도 없었던 두인의 판단 기준은 꼭 하나였다. 36개의 동아리에서 제시한 가입 신청서 가운데 질문 항목에 '종교'란이 없었던 곳이 여기뿐이었다.

기본적으로 방주시에 입성한 모든 시민은 종교의 자유가 있었는데 이는 어디까지나 헌법에 따라서였고, 실제 도시는 하나의 종교 체제가 불문율로써 생활 전반을 지배했으며 인구의 99퍼센트가 그 종교를 별 무리 없이 따르고 있었다. 공간 범위가 학교로 압축되면 그 불문율은 더욱 확고해졌고, 기숙생들 가운데는 방주시의 일신교를 따르는 아이들의 비율이 70퍼센트, 나머지는 각자 알아서 다른 종교를 믿거나 종교가 없거나 했음에도, 토요일에 기숙사에서 저녁 예배가 열리는 장면을 낯설어하지 않았다. 학교에서 전교생이 모이는 월요일 아침 예배는 의무였고 출석이 성적에 반영되기에 두인이 같은 아이들은 수면용 귀마개를 꽂고 눈을 감거나 딴짓을 했지만, 기숙사에서는 자율 선택 사항이었다.

그럼에도 방주시에 들어오기 위해 필기고사를 치르는 시민은 성경에 대한 최소한의 지식이 있어야 했다. 처음부터 여기 입학할 생각이 없었던 두인은 방주고에 가라는 엄마의 성화에 간신히 한 번 벼락치기로 성경을 읽고 입학시험을 치렀더랬다. 어릴 적 할머니 옆에 앉아 불경을 조금 읽은 적은 있지만 성경은 처음이었다. 그럼에도 합격자 발표 뒤 확인한 바로는, 평소 자기 종교에 대해 잘 안다고 자부하는 신자들에 비해 밀린 숙제 해치우듯 벼락치기한 두인이 성경 파트에서 월등한 점수를 받았다. 두인은 거기에 아무런 감흥도 없었다.

두인은 과학과 수학 과목에 관심 있고 어디가 됐든 실험 실습만 할 수 있다면 그 밖의 다른 일은 아무래도 좋았기 때문에 방주고 시험을 볼 생각이 없었다. 할머니가 병원 실비 보험을 해약해서 사준 헌미경을 엄마가 입수하고 실험 동아리를 탈퇴시킨 다음 입시 학원에 두인을 밀어 넣기 전까지의 계획은 그랬다. 모든 게 엄마의 독단으로 이루어진 결정이라, 할머니는 손자를 먼 데로 보내기를 원치 않았고, 아빠는 학비를 감당하기 힘들어했으며, 직장인인 누나는 자신의 결혼 자금을 모으던 통장 가운데 하나를 똑똑하고 잘난 동생의 미래에 투자하게 되어 한동안 집안은 쑥대밭이었다.

두인은 마지못해 학원에 처박혀 있으면서도 그까짓 학교 떨어지면 그만이라고 생각했으나, 할머니가 세상을 떠난 뒤 그 계획이 틀어지고 말았다. 마음 기댈 수 있는 유일한 자기편이 없어지고 서로의 입장을 내세우는 나머지 가족의 틈에서 두인은 망할 놈의 집을 떠나겠다는 생각만으로 입시 공부에 매달렸다. 별로 건전하지 않은 목적의식이었음에도 결과는 좋게 나왔고, 그건 진심을 다해 공부한 다른 수험생들에 대한 모욕이라는 자각을 가진 채로 입학 수속을 밟았다.

그런 두인에게 있어서 입학시험 이후 만난 모든 종교적 의식에의 거부는 그 자신이 독실한 불교 신자여서가 아니라 다만 할머니를 추억하는 일종의 진혼 행위였으며, 종교와 관련된 일로는 어떤 시비나 굴욕에도 엮이지 않겠다는 개인적 신념이었다.

그 한 가지 이유로 고른 동아리에서 면접시험 따위를 보다니.

달리가 나와 두인에게 들어가라고 눈짓했다. 시종 휴대전화를 두드리며 한숨을 쉬는 루비와 경직된 자세로 자기 차례를 기다리는 마노를 뒤로하고 두인은 동아리방으로 들어갔다. 2학년 세 사람이 앉아 있었는데 가운데에 시온, 양 옆으로는 기숙사 휴게실에서 종종 보았던 노안지와 시온의 룸메이트인 박하상이었다. 안지는 상냥한 웃음으로 두인을 맞이했고 하상은 귀찮다는 듯 양손을 교복 바지 주머니에 찔러 넣은 채로 비스듬하게 앉아 딴 데를 보고 있었다. 아마 그쪽도 자신처럼 되는대로 가입한 동아리에 머릿수만 채우고 학점이나 얻으려는 사람인가 보다, 라고 두인은 판단했다.

목례 후에 되도록 빨리 여기서 나갈 수 있는 불안정한 자세로 의자에 앉은 두인에게, 시온의 첫 질문은 이랬다.

"일단 독서클럽으로 등록되어 있으니까 물어보겠는데, 지금까지 읽은 불경에서 가장 마음에 드는 구절 외운 거 있어요?"

"예?"

두인은 생각지 못한 방향으로 날아온 공을 어쩌다 한 손으로 받고는 어디로 되돌려 던져야 할지 모르는 행인처럼 되물었다.

그러나 곧 허리를 바로 세웠다. 알아주고 있어. 형식적으로 신청서만 검토한 게 아니라, 모두한테 똑같은 질문을 하는 게 아니라 내가 무엇을 좋아하고 싫어하는지 어디에 관심이 있는지, 종잇장 너머의 나를 알아보았어. 서로에 대한 필요 이상의 관심을 경계하고 합리적인 척하는 사람들로 우글거리는 방주시에 온 뒤 처음 느껴보는 작은 충격이었기에, 두인은 저도 모르게 순순히 대답했다.

"어, 유마경(維摩經)에 나오는 말입니다. 법이란, 그러니까 우리 속세 사람들이 흔히 쓰는 말로 표현하자면 그 뜻이 진리에 가까운데— 진리란 보고 듣고 지각하며 의식할 수 있는 게 아니다. 만약 보고 듣고 지각하며 의식하고자 한다면, 그것은 보고 듣고 지각하며 의식하는 것이지 진리를 찾는 게 아니다. 왠지 말장난 같지만 그게 기억에 남습니다."

"그러면."

면접관들은 이미 파우치북의 전원을 다 끈 상태였고 신청서와 학생기록부 따위 들여다보고 있지 않았다. 고정된 질문은 물론 매뉴얼도 없이, 상대방에게 가장 적합한 대화를 즉흥적으로 떠올리고 이끌어가는 모양이었다.

"지금 후배님이 찾는 진리는 어디에 있을까요? 이것도 우문이려나."

말하면서 안지가 멋쩍은 듯 웃었다.

"예, 우문입니다. 유마경이 전하는 그 구절은 진리란 결국 어디서 찾는다고 찾아지는 게 아니라는 뜻이니까. 하지만 제 개인적인 생각을 밝혀도 된다면 적어도 여기가 아니라는 것만은 확실합니다."

동아리 지도 교사가 동석하고 있었다면 신중하지 않은 대답이 될 수도 있었지만, 두인은 왠지 그렇게 말해도 되리라는 확신이 들었다. 무엇보다 지금 앞에 있는 세 사람 모두 같은 기숙사에 들어 있는 지상 출신이라는 사실만으로도 일종의 동료애가 형성되거나 그렇지 않더라도 최소한 민감한 사안에 대해 함구하는 암묵의 규약이 있을 터였다.

"그 믿음에는 근거가 있나요?"

"아뇨. 그러니까 개인적인 생각이라고 했습니다. 그래도 몇 가지 예를 들 수는 있습니다. 생각하는 것만으로도 기분이 나쁘단 말입니다. 그 왜 우리 데칼로그 관 지하실에 있는 정화실 같은 것."

"아. 거기 들어갈 일이 있었나요?"

안지가 진기한 이벤트라도 발견했다는 듯한 눈으로 묻기에 두인은 곧바로 손을 저었다.

"오해하지는 마십시오. 입학한 지 얼마나 됐다고, 거기 갇혀봤다는 건 아닙니다. 그저 오리엔테이션 때 슬쩍 둘러봤을 뿐입니다. 벽마다 윌리엄 블레이크William Blake의 「아담의 징계」 복제화 같은 거나 걸려 있고, 아주 밥맛입니다. 그런 게 있다는 자체가 일단 정상은 아닙니다."

하상이 심드렁하게 딴청을 부리는 데 비해 안지와 시온이 서로를 바라보며 웃음을 터뜨리는 걸 보고 두인은 어리둥절했다. 뭔가 말을 잘못했나? 아니면 어릴 적부터 습관이었던, 자신은 익숙해져서 모르나 남들은 독특하다고 했던 이 말투 때문인가? 두인은 군대 조직에서나 쓸 법한 딱딱한 종결어미를 즐겨 썼고 거기에 사람들이 조소 비슷한 반응을 보인 뒤로 말수가 줄어들었다.

그러나 2학년들이 웃은 이유는 그 때문이 아니었다.

"아니, 웃어서 미안. 그게 사실 나는 거기 들어가봤거든."

"정말입니까?"

두인은 다른 2학년도 아닌 기숙사장이 그랬다는 걸 믿기 힘들었다. 사감의 말에 따르면 문제의 정화실은 무기를 동원한 집단 폭력이나 상해, 강간 미수같이 강력 범죄에 준하는 대형 사고를 치지 않는 이상 들어갈 일이 없을 거라고 한, 기숙사 지하실의 독방이었다. 그 이상은 설명이 없어서 그곳에 대해 각종 괴소문만이 떠돌았는데, 일단 들어갔다 하면 기본 3일은 채우고 나와야 하며 그 사흘간은 물만 지급된다는 확인되지 않은 이야기, 누구와도 대화를 나눌 수 없음은 당연한데다 문명의 이기 사용은커녕 성경조차 간신히 읽을 만큼 희미한 조명만 들어와 있고, 그 빛이 벽에 걸린 성화들을 비추어 그것들을 더욱 기이하게 보이도록 만들어 신경쇠약 직전이 되어서야 나올 수 있다는 거였다. 두인이 그 소문 이야기를 들려주자 시온과 안지의 어깨에는 경련에 가까운 웃음이 실렸다.

"반쯤 맞는데 그렇게까지는 아냐. 나는 일주일 들어가 있었는데 미치지 않고 나왔거든. 그곳에 대해 더 자세히 알 필요 없다는 사감 선생님 생각에는 나도 찬성이고, 아무튼."

그 밖에 몇 가지 질문이 더 이어졌고 두인은 성의 있게 대답했지만 대부분 일상적이고 사소한 것들로, 자신이 이 시간을 꽤 즐기고 있다는 사실을 깨닫기 시작할 때쯤 면접은 끝났다. 다음 차례인 마노를 부르기 위해 돌아 나오면서 두인은 여기 온 뒤로 사람하고 이렇게 장시간 이야기를 나눠보기는 처음이란 걸 깨달았고, 그 사실만으로도 이곳에 가입 신청서를 낸 걸 후회하지 않았다.

"글쎄, 나한테는 다짜고짜, 예수 그리스도를 어떻게 생각하느냐고 묻더라고. 나는 루비랑 둘 다 무교니까 솔직히 별 생각 없거든. 그러니 어느 책에선가 주워들은 대로 얘기할 수밖에. 체 게바라와 마찬가지의 인물이지 않냐고. 그랬더니 왜 그렇게 보냐고 묻잖아. 그걸 내가 알 게 뭐람, 거기부터는 순전히 감으로 때려잡았지. 뭐랬지, 리얼리스트가 되자. 그러나 가슴속에는 불가능한 꿈을 꾸자. 민중과 동고동락하는 혁명가로서의 모습이 어쩌고."

"나? 나한테는 진짜 별거 아닌 거 물어봤는데. 마지막의 마지막까지 비밀을 지키는 성격이냐, 가장 오랫동안 지켜본 비밀이라면 단 한 사람에게도 말하지 않은 채 몇 년이나 있어봤냐, 그런 거. 그래서 아홉 살 때 처음으로 비밀다운 비밀이 생겨서 마노한테도 지금까지 7년을 말하지 않고 있다고 그랬지. 역시 그게 뭔지는 아직도 말해줄 수 없지만. 근데 이 면접의 의미가 대체 뭔데?"

두인이 나중에 식당에서 자리를 함께한 마노 남매에게 어떤 질문을 받았느냐고 묻자 그들은 이렇게 각자 대답했다. 문득 마노가 물었다.

"너 지금 우리한테 물어본 거 달리한테도 물어봤어?"

두인은 고개를 저었다.

"걔한테 왜 묻냐. 가까이 가기만 해도 코웃음치고 찬바람 날릴 것 같은 애한테. 나도 상대는 가려가면서 말한다."

아이들은 그만하면 알 만하다며 웃었고, 두인은 그 사람 좋아 보이는 기숙사장이 사실은 지하 독방에 갇혀보았다더라는 얘기를 할까 말까 망설이다가 접어두었다. 공연히 그런 이야기에 마노와 루비가 질려서 소모임 가입을 철회하기라도 한다면—비록 그럴 만한 아이들로는 보이지 않았지만—최소 가입 인원을 충족시키지 못해 폐부될 수도 있었다.

마노는 웃다가 주머니 속 휴대전화가 진동이 울려 꺼내 보았다. 착신 메시지가 한 건 있어서 클릭하자 텍스트가 뜨지 않고 첨부 파일이 바로 활성화되었다. 날짜와 시간 및 장소를 지정하여 호출하는 일락의 메시지였다. 이미 각 동아리에서 최종 부원 명단을 제출하여 마노가 프로네시스에 가입이 승인되었다는 사실을 학생회가 먼저 알고 있으며, 환영식이 끝난 뒤 1차 보고를 하러 오라는 거였다. 문자로 보내도 되는 내용을 굳이 그림 파일로 보낸 이유가 뭘까? 마노는 불안한 마음으로 메시지를 삭제하며 너무 늦은 일이 아니기를 바랐다. 첨부 파일 클릭과 함께 도청 어플리케이션이 전화기에 심어지도록 프로그래밍 된 바이러스는 아닐까. 그러고도 남을 놈들이었다.

마노와 선택 과목이 달라 한 시간이나 일찍 수업이 끝나지 않았더라면, 뭐가 좋다고 모임 시간보다 이르게 이 동아리방에 올 일이 있겠느냐고 생각하며 루비는 문 스캐너에 지문을 댔다. 당연히 누구보다 일찍 온 줄 알았는데, 소파에 누워 교복 재킷을 덮은 채 잠들어 있는 하상을 보고 루비는 문간에서 멈칫거렸다. 턱과 가슴에 걸쳐 읽다 만 책이 덮여 있었는데 그게 곧 떨어질 것 같아 루비는 살그머니 집어 티테이블에 올려놓았다. 만사 무관심하다는 얼굴을 하고서는 책 제목이 『공정무역의 역사』라니 나름대로 반전이었다.

루비는 하상이 면접 때 얼마나 성의 없는 태도로 일관했는지를 기억하고 있었다. 질문도 경청도 안지와 시온의 몫이었고, 루비는 자기 자신도 그리 경건한 마음으로 임한 면접은 아니었음에도 하상의 태도가 당황스러웠다. 그전에 몇 차례 방과 후 매스미디어 특강을 들으면서 마주친 적이 있었는데 그때는 달랐다. 핵심을 짚는 명확한 질문과 깔끔한 토론 모습을 보여주어, 루비는 공부에 도움이 될 것 같은 선배라는 생각에 일찌감치 관심이 있던 터였다. 그랬던 사람이 이 마이너에 가까운 프로네시스 회원이라는 자체가 실망인데다, 그나마 열심히 활동하지도 않는 게 의아했다.

그때 하상이 눈을 부라리듯이 떠서 루비는 자기도 모르게 뒷걸음질했다.

"뭐야?"

"어, 저, 오늘 여기서…… 동아리 모임이. 오빠도 그래서 미리 와 계셨던 게 아닌가요."

"응? 아…… 그랬지."

하상은 재킷과 책을 집어 들고 일어났다.

"어디 가시게요?"

"잘들 해봐. 나는 상관없으니까."

"네?"

루비가 대답을 들을 새도 없이 문이 열리고 나머지 회원들이 다 같이 들어섰다.

"와 있었네. 이왕 온 거 그냥 있지그래."

시온이 앞으로 나서며 말했으나 하상은 이미 밖으로 반쯤 나서는 중이었다.

"내 뜻 분명히 말했다. 소화 안 되는 얘기 안 들어."

육중한 철제문이 닫히고 자동 잠금장치가 작동했다. 누가 봐도 내부 분열의 모습이었다. 잠깐 정적이 흐르며 저마다 서로의 눈치를 보다가 안지가 어색한 웃음과 함께 수습했다.

"우리 사이 나쁜 거 아냐. 쟤가 원래 좀 까칠한데 신경 쓰지 마. 그래도 우리 부서 머릿수 채워주느라고 이름만 넣어준 걸 보면 성격 나쁜 녀석은 아니야."

"한마디로 유령 회원이란 말이네요."

마노는 고개를 갸우뚱했다.

"머릿수가 큰 문제가 되나요? 설립 목적이 애매모호하거나, 패싸움인지 음주에 무면허 운전인지 밖에 나가서 문제를 일으킨 동아리가 한두 군데가 아닐 텐데."

첫마디에 너무 많이 아는 척하는 건 좋지 않다고 생각하며 마노는 거기서 말을 멈췄고 다행히 아무도 자신의 발언에 의미를 두지는 않는 것 같았다.

안지는 첫 모임 기념으로 밖에서 슬쩍 공수해온 맥주를 탁자에 와르르 쏟아놓았다.

"일단 마시고 하자. 다른 이유 없어. 지상의 아이들로만 이루어진 모임이 우리뿐이라서 뭘 해도 학교에서 별로 좋게 안 봐."

안지는 방문을 잠근 뒤 기숙사 식당에서 싸온 남은 요리의 포장을 벗겼다. 동아리마다 첫 모임 시작일이 겹친 데가 많아서, 옆방이나 건넌방에서 간간이 웃음이 터지는 소리가 들려왔다.

루비는 면접 때부터 의아했던 점이 사실임을 확인하자 초조해졌다. 편의상 스스로도 그렇게들 부를 수밖에 없겠지만 지상의 아이들이라는, 카스트 제도에 입각한 듯한 이름은 말하고 싶지도 듣고 싶지도 않았다. 아직도 그때 감금당했던 일을 떠올리면 온몸의 털 끝이 바늘처럼 날카로워졌다. 눈이 가려진 상태에서 들려온 그놈들의 비웃음이 가끔 이명처럼 반복되곤 했다.

"처음부터 사람들 대하는 게 조금 티껍다 생각은 했는데, 그럴 거면 뭐하러 지상의 아이들 전형을 만들었는지 모르겠네요. 자기들끼리 영원무궁토록 꼭대기에서 불로장생할 것이지."

"곱게 자란 티 좀 작작 내라."

달리가 툭 던진 말에 분위기가 오묘해졌다. 달리는 다른 사람들이 마시거나 말거나 제일 먼저 캔 꼭지를 따서 입에 대고 있었다.

"어 야, 너 건배도 안 하고 혼자 마시기가……"

"너 그거 무슨 소리니?"

얼버무리려고 끼어드는 안지의 말을 자르며 루비는 마주 쏘았다.

사실 루비는 동아리방에 면접을 보기 직전 문 앞에서 두 번 돌아설 뻔했다. 면접을 보나마나 회원이 다 합해 여섯뿐인 걸 알았을 때, 거기에 달리가 하필이면 같은 동아리에 면접을 보러 왔다는 사실을 알았을 때. 달리라는 애를 만나기 전까지 루비는 자신에게 세상 누구든 받아들일 수 있는 열린 마음이 있는 줄 알았다.

"무슨 소리긴. 애당초 지상의 아이들한테 입학 자격을 준 이유가 뭐라고 생각해?"

캔 안쪽 벽에 부딪치는 목소리의 울림으로 봐서 달리는 이미 한 캔을 거의 비운 모양이었다.

"달리, 그만해."

시온이 교통정리를 시작하자 달리는 어깨를 으쓱해 보이고는 다음 캔 꼭지를 땄다.

마노는 긴장해야 할 이 순간에, 자신이 캔 꼭지에 걸린 달리의 가늘고 유연해 보이는 손가락을 멍하니 바라보고 있었다는 사실을 깨닫고 흠칫 놀라서 자세를 바로 했다. 어떤 사람들은 싫은 것이나 불쾌한 것일수록 자기도 모르게 한 번 더, 또는 오래도록 시선을 두는데, 그건 단순히 손가락질을 한 번 더 하기 위해서일지도 모르는 일이었다. 지금도 그애가 믿기 어려울 만큼 단정치 못하고 공격적인 모습이라 오히려 눈길이 더 자주 가는 듯했다. 정신 차려! 지금 이럴 때가 아냐. 마노는 의식적으로 고개를 돌린 채 시온의 말에 집중하려고 애썼다.

"달리가 말한…… 이 학교의 꿍꿍이에 대해 말하자면 처음 운석이 떨어져 땅을 뒤집고 파헤쳐놓았을 때부터 시작해야 할 것 같아."

그건 벌써 60년 전이니 우리뿐 아니라 어머니 아버지 들도 태어나지 않았을 때잖아. 루비는 그렇게 생각하며 주위를 둘러보았다. 자리에 있는 1학년이라고는 넷뿐인데, 달리는 그렇다 치고 마노마저 오토 튜닝으로 주파수를 맞춘 듯 시온에게 집중하고 있다. 한편 두인이는 언제나 입속으로 불경을 외느라고 달싹거리는 입술 외에는 다른 표정이 없어서 의중을 알 수 없었다.

그것이 떨어진 즉시 방송과 인터넷을 비롯한 소통 체계가 엉망이 되어 정확한 지름과 부피에 아무도 관심을 가질 여유가 없었으나, 충돌 전 예상 관측 데이터에 따르면 아무리 커도 15미터를 넘지는 않았을 것이라고 하는데, 이미 지각에 닿는 순간 귀가 멀어버릴 만큼의 폭음과 함께 파괴되어 그 잔해물을 모아 퍼즐 조각처럼 짜 맞추기 전에는 부피와 지름을 정확히 알 수 없었고, 그마저도 땅속 어디로 들어갔는지 모를 지경으로 뒤섞였으니 지금 이루어진 지각 가운데 어느 것이 운석의 일부인지는 신만 아실 터였다. 뒤틀리고 구부러지다 꺾인 땅속에서는 그때껏 발견된 적 없는 수천 종의 작은 괴생명체들이 역류하는 토사물처럼 분출되다가 뜨거운 기체에 닿아 노릇하게 익어가거나 물속에 잠겼다.

지각 변형은 약 보름에 걸쳐 계속되었고 그사이 7일째부터는 폭우가 내리기 시작하여 24일 동안 이어졌다. 하늘이 마침내 개었을 때쯤 사람들은 깎아지른 땅이 육안으로 식별할 수 없을 만큼 높이 솟아올라 있는 것을 보았다. 넓이는 약 39.5제곱킬로미터로, 그것을 둘러싼 주위의 약 75제곱킬로미터의 지각이 주저앉아서 상대적 높이는 거의 1200미터에 이르게 되었다. 39.5제곱킬로미터가 가진 1200미터의 높이를 지탱하기 위해 75제곱킬로미터의 땅이 초토화된 셈으로, 마치 새로 지어진 거대한 구조물 같았는데, 살아남은 사람들은 그 신생지를 올려다보며 공중정원이라 불렀다.

  사람들이 생존 가능할 만큼 비교적 정상적인 생활 궤도를 되찾는 데 그로부터 20년이 걸렸다. 그 기간 동안 해당 지역을 중심으로 발생하여 전국을 쓸고 지나간 신종 유행성 전염병은 총 12종에 이르렀으며, 그중 4종은 사망자 규모 면에서 크고 강력한 것이었고 사람들은 땅속 깊이 숨어 있다 튀어나온 미지의 다양한 세균들에 쉽게 함락되었다. 전염병을 피해 아주 다른 지역으로 이주해버리는 인구도 적지 않았지만, 기본적으로 사람들은 공중정원을 중심으로 그 둘레를 떠나고 싶어 하지 않았다. 그만큼 변형된 땅은 주요 기능이 몰려 있던 도시였고, 한번 집중된 도시 권력은 재난을 겪고서도 다른 데로 쉽게 옮겨가지 못했기에 공중정원 주위로 새로운 인구 밀집 지역이 도넛 형태를 이루었다. 사람들은 저도 모르게, 권력을 이양하느니 도시 기능이 공평하게 마비되는 쪽을 택하고 있었다. 몇몇 신도시가 부상하다가 시들해지기를 반복했다.

  적지 않은 넓이의 땅을 버린 채로 놔둘 수 없다고 판단한 정부는 앞으로 이유 불문한 또 다른 지각 변동의 가능성과, 거기에 대응할 만한 인구 및 자원 보존 가능성을 검토한 뒤 대대적인 도시 건설 계획에 들어갔다.

사람과 물자의 이동 문제를 해결하기 위해 주위의 땅 상당 부분을 엘리베이터 전용 건물을 짓는 데 사용해야 했는데, 초대형 초고층 엘리베이터가 완성되기까지 총 43명의 인부가 사고로 실족사하거나 산소 부족 등 신체적 압박으로 인한 공황상태에서 스스로 몸을 던졌다.

엘리베이터 최상층에 도착하면 이동 통로를 거쳐 도시에 진입할 수 있었다. 그 진입로는 도시에 있어서 일종의 공항이었는데, 진입로가 끝나는 곳에 도시 입구와 물자 교역 센터를 마련했다. 그리로 수많은 사람과 문물이 빨려 들어갔으며, 이곳에 거점을 마련한 개발계획단은 독자적인 도시 유지 시스템을 만들어나갔다.

예산 초과와 상상 초월을 기조로 삼은 게 아닐까 싶을 만큼 대규모의 도시 건설이었다. 정·재계를 비롯한 사회 고위층 인사들 상당수가 공중정원으로 이주를 결정했다. 뒤틀린 땅에서 심각하게 파괴된 생태계는 느릿느릿 균형을 찾아가고 있었고, 냉온방장치가 없이는 기초 생존조차 힘들 정도로 급변한 기후가 매년 약 0.03도씩 원래의 궤도를 회복하고 있었다. 폐허는 복구되었지만 지상의 사람들은 여전히 생활이 어려웠는데, 세대가 바뀌어 폐허 재건에서부터 삶을 시작한 사람들은 주어진 조건에 재주껏 순응하여 불편을 견디고 있었다. 과거에 지나간 부흥이나 영광의 흔적들은 남겨진 자료에서나 더듬어볼 수 있었다.

"배경은 알았고, 그래서 요지가 뭔데요?"

마노가 가만있으라는 뜻으로 루비의 팔을 잡았다.

"곱게 자란 분은 떠먹여줘야 아니."

세번째 캔 꼭지를 따면서 조금씩 혀 꼬이는 소리로 달리가 내뱉기 무섭게 시온은 한 팔로 달리의 머리를 싸안고 입을 막았다.

"아, 얘가 원래 입이 좀 험해. 대부분 본의가 아니니까 한 번만 봐줄래."

소모임이고 뭐고 달리의 머리끄덩이를 잡기 직전이었던 루비는 시온의 공평무사한 미소를 봐서 참을 수밖에 없었다. 시온은 발버둥치는 달리를 그대로 꼭 내리누르고 말을 이었다.

"그러니까 폐허에서 비정상적인 삶의 터전을 받아들일 수밖에 없는 운명은 모두 마찬가지였는데, 지도층하고 고위층 인사들이 그 운명을 공유하는 대신 이 도시를 만든 거야. 폐허를 조금이라도 빨리 복구해서 더 많은 사람들이 무사히 살아가는 데 투입했어야 할 예산, 그 이상을 여기에 쏟아부어버렸지. 자기들만이 살아갈 땅에다가……"

몸부림치는 달리를 붙잡느라 시온이 더 이상 말을 잇지 못하자 안지가 뒤이어 말했다.

"그런데 높으신 분들만 살려니까 불편한 게 한두 가지가 아니잖아. 자기들 삶을, 그러니까 도시 시스템을 유지시켜줄 따까리들이 필요해졌어. 베르사유에 자기 구두끈을 혼자 매는 귀족이 있었겠어? 어디나 하인은 필요한 법이잖아."

안지는 비로소 첫번째 캔 꼭지를 따서 홀짝거리기 시작했다. 건배 없이 시작된 음주는 침울하고 밋밋했다.

"지상의 아이들 전형은 말이지, 잘 배운 인재들을 자기들의 노예로 만들기 위한 예비 학교야. 이 제도가 그대로 이어진다고 가정했을 때 처음부터 방주시에서 살았던 학생들은 이 학교 졸업과 함께 도시의 주인이 되겠지만, 우리는 도시가 굴러가게 떠받치는 일꾼 이상이 되지 못해. 아무리 개인이 노력해도 주인 자리를 내주지는 않는다고."

―계속 시민권이 유지되어 이 꿈의 도시의 주춧돌로 살아갈 수 있습니다.

마노는 5년 전 교감이 했던 말을 떠올렸다. 구성원이라는 말 대신 군이 주춧돌이라고 집어 말한 교감은 알고 보면 퍽 정직한 얘기를 한 셈이었다. 이왕 부릴 일꾼이라면 좀더 똑똑한, 좀더 재능 있는, 좀더 아름다운 엘리트들을 뽑는다고 처음부터 공언하고 나섰던 거였다. 꿈의 도시 창립기념일 때부터 이미.

선배들의 말을 종합해보면 선택받은 이들과 그들이 또다시 선택한 하위자들은 방주인지 바벨탑인지 모를 곳에서 신과 가까운 높이에 안도하며 살아갈 것이고, 지상에 남아 있는 자들은 개미지옥에 빠진 벌레들처럼 꼬물거리며 살아가리라는 것이었다. 언젠가는 위에 있는 이들의 먹이나 거름이 되기만을 기다리며.

"사실 나 하나 편하자면 노예로 살아간다고 불편할 건 없어, 기분만 조금 더러울 뿐이지. 하지만 이들은 언제까지 지상의 사람들을 버려두고 저희들끼리 희희낙락하면서 살아갈까? 지상에는 내 가족이 있는데. 이 생각을 하면 얘기가 달라져. 지상의 사람들을 살아갈 수 없게 하는 건 기후나 돌연변이 생명체가 아니고 물자 부족도 아니야. 참을 수 없는 상대적 불평등이지."

안지의 말이 끝났을 때쯤, 달리는 네 활개를 펴고 가동거리던 걸 멈추고 편안한 얼굴로 시온의 무릎에 머리를 대고 잠들어 있었다. 루비는 첫 모임에서 술에 취해 잠들어버린 달리의 얼굴을 내려다보며 혐오스럽다는 표정을 감추지 않았다.

시온이 다시 조용히 입을 열었다.

"지금 말할게. 이의가 있거나 그만두고 싶은 사람은 말해도 좋아. 절대로 뭐라고 안 해. 입부원들을 보고 어느 정도 예상했겠지만, 우리는 평범한 독서 활동 모임이 아니야. 진짜 독서클럽이라면 더 큰 규모로 이루어진 동아리가 있고 말야."

"그럼 이건 변혁이나 혁명 모임입니까?"

지금까지 나서지 않고 홀로 피안의 세계로 떠나 있는 듯했던 두 인이, 행여 달리가 깨어나 다시 행패라도 부릴까 조심조심 물었다.

시온은 웃으며 손을 내저었다.

"그만한 능력은 없어, 현실적으로. 하지만 능력이 없다고 해서 한자리에 주저앉아 불평만 하고 있기도 싫고."

"아니, 제 말은…… 구체적으로 뭘 하려는 겁니까?"

"처음 동아리 소개 때 말했지. 학생들끼리만 있는 자율적인 자리였는데도, 어디서 누가 어떤 방식으로 강당을 관찰하고 있을지 몰라서 나는 최대한 은유적으로 말했더랬어. 우리는 책을 읽고 문자가 지시하는 바를 자기 것으로 만들어 풍부한 교양을 쌓는 게 목적이 아니다. 이곳에 온 너희들은 삶에 대한 분명한 목적이 있거나 최소한 일정한 상을 그리고 있을 터다. 그 그림을 이룬 선이 더욱 또렷해지기를 바라는 사람, 자기가 지금 달리고 있는 길의 끝에 뭐가 있는지 알고 싶은 사람은 오라고. ……원래는 그렇게 회원을 모집한 뒤에, 그중 정말로 뜻있는 친구가 있는지 관찰하는 시간을 가진 다음 개별 접촉을 하려고 했어. 하지만 보다시피 인원이 너무나 가족적이라 이렇게 속에 있는 얘기를 처음부터 하게 됐어. 그 점 미안하게 생각한다."

"그건 무슨 자폭 테러단 모집하는 것 같은 말입니다."

"어느 정도 비슷한 얘기야. 바꿀 재주는 없지만 부숴버리는 건 맘만 먹으면 누구든 할 수 있지."

다음 말이 나오기 직전 마노의 심장은 곡예를 하기 위해 꼬리로 수면을 박차는 돌고래처럼 세차게 뛰어올랐다. 온몸이 물이 되어 피부를 뚫고 튀어오를 것만 같은 세찬 호흡을, 숨겨야 한다.

"우리는 이 학교, 폭파할 거야."

더 이상의 증거는 없다

문 옆 모니터에 금주 과학연구실 사용 일정표가 떠 있다. 지금은 비는 시간이다. 고가의 장비와 기자재가 많아 특활 외에 개인적으로 사용하고자 하는 학생들은 신청서를 내고 허가를 받아야 한다. 어디까지나 규정대로라면.

카드 키를 대고 안으로 들어서자 오른쪽 벽에 악티늄부터 지르코늄까지 원소의 기호와 원자량 도표, 중앙에 기초 실험 실습 기자재들 외에 기체 크로마토그래피 장치가 있다. 실험대 위 비교현미경을 보고 두인은 집 창고 어느 구석에 봉인되어 있을 자기 현미경을 떠올리면서 관심의 눈빛을 감추지 못한다.

왼쪽으로 돌아서서 덧문을 열고 안쪽 방으로 들어가면 단백질을 분리하는 전기영동장치와 색깔을 측정하는 분광광도계가 있다. 오른쪽으로 또 다른 문이 나 있으며 안지가 손을 대어 미는 곳마다 새로운 문이 열린다. 방 속의 방, 문 뒤의 문, 마주 세워놓은 두 개의 거울처럼 방으로 이루어진 미로는 끝나지 않을 것 같다. 1층 3분의 2를 차지하는 과학연구실이다.

각 분야 인재를 차별 없이 모집한다는 학교 정책이어서 과학을 전공으로 할 사람이 소수라 해도 필요한 장비는 아낌없이 지원한다. 매달 고액의 실습비가 시 예산으로 정식 책정되어 있으며 이사장의 그룹에서도 일부 제공된다. 그런 적극적이고 공격적인 투자가 이루어져 과학고 못지않게 환경이 조성되어 있다. 지금은 일반 과학고에 비해 다양화 세분화가 덜 되어서 전공별로 방이 나누어지는 대신 과학연구실 1, 2, 3과 같은 식으로 두루뭉술하게 구분되어 있고 전문성이 떨어지지만, 3년 뒤부터는 이공계 지원자를 별도로 받는 등 구체적 운영 계획을 세운다고 한다.

몇 개의 문을 더 지나치자 최종 목적지가 나왔다. 지금까지 웅장하고 화려하며 전문적인 실험 기기 사이를 지나쳐 왔는데, 종착역은 허름하고 축축한데다 어두웠다. 오래되어 못 쓸 게 분명한 기자재와 도구들이 정리되지 않은 채, 역시 어디가 문짝인지 알 수 없을 만큼 파손된 나무장에 중구난방으로 처박혀 있었다. 아르데코art déco 스타일의 대저택 구석에 딸린 먼지투성이 헛간이라도 이보다 더 심하게 대비될 것 같지 않았다. 여기서는 폭탄은커녕 불꽃놀이용 폭죽도 만들 수 없을 것 같아 아연실색한 얼굴을 하고 두 인이 물었다.

"여긴 뭐하는 뎁니까?"

"쓰레기통."

안지가 대답하며 쪽방 불을 켰다.

오래된 형광등은 불을 밝혀도 소용없을 만큼 침침하고 필라멘트에서 바삭거리는 소리가 힘겹게 났다. 그나마 불을 밝히니 반대쪽으로 문이 하나 더 나 있는 게 보이는 정도였다. 실외로 통하는 문이었다.

"실험 실습에 쓴 재료나 망가진 도구들, 실패한 결과물들은 1차로 여기 몰아넣거든. 폐기물에는 일반인이 처치하기 힘든 독성 물질이 있을 수 있으니까 전문가가 폐기까지 맡아 처리한다고. 집기랑 도구 일체를 판매하는 과학사(社)에서 일주일에 한 번씩 실어가. 오염 물질을 완벽하게 제거하기 위해서 연구실 청소까지 해주고 가지. 연구실에서 다른 학생들이 잘못 건드렸다가 사고가 나는 일이 없게, 실패작이나 폐기물들은 라벨을 붙여서 여기다 보관해둬. 과학사에서 오면 저 문밖에 용달차를 세워서 바로 실어 날라. 그 폐기물들이 정상적인 과정을 거쳐 소멸될지, 지상의 어느 지역에 집중 이동되어 쌓일지는 하느님만 아시겠지만 말야."

안지의 그 말은 지상의 기후가 아직도 변덕이 심한데다 각종 기형성 질병이 끊이지 않고 생겨나는 데 대한 일종의 힌트로 들렸다.

"어쨌든 일주일에 육 일은 쓰레기통이라는 말인데 이렇게 위험 물질이 가득 찬 창고에서 우린 대체 뭘 한다는 겁니까?"

다시 두인이 물었다. 그동안 마노는 한방을 쓰면서도 거의 대화가 없이 따로 놀았던 두인이 동아리 면접 이후로 무언가 남모르는 계기라도 생겼는지 눈에 띄게 적극적인 목소리를 내는 모습에 놀랐으나, 녀석이 늘 중얼거리던 불경 대신 의사소통이 가능할 정도로 명확한 대화를 들으니 차라리 낫다고만 생각했다. 두 인이 연장자에게는 상대 불문하고 합쇼체를 쓴다는 사실조차 마노는 처음 알았을 정도였다.

"여기서 하지 않아. 지금은 그럴 일도 없지만 필요할 땐 저 밖의 연구실에서 작업해. 물론 사용 허가 따위 받지 않으니 문 잠그고. 명백한 교칙 위반이지만. 여기는 단지 우리가 만든 물건들의 '보관소'야. 쓰레기와 함께 있으면 선생님들은 다 같은 쓰레기인 줄 알고 관심을 갖지 않게 마련이고, 반면 과학사 직원들은 중요 관리 물품인 줄 알고서 열지 않는 문이 바로 이거야."

안지가 구석에 세워진 캐비닛 문을 가리켰다. 바닥 모서리 한쪽이 찌그러진 캐비닛은 비뚜름하게 벽에 기대어져 위태로워 보였고, 문짝도 군데군데 홈이 패였다. 손잡이와 다이얼을 제외하고는 먼지가 두껍게 앉아 있었으며 부식 정도로 봐서 몇십 년은 된 것 같았고, 지상의 뒷골목 변두리에 있는 제4금융권 사무소에서도 이런 물건은 쓰지 않을 것 같았다. 이런 게 굳이 필요한 데가 있다면 시대물 영화를 촬영할 때 고증을 위한 배경 소품 정도일 터였다.

마노는 다윗이 잠든 동굴 밖에 거미줄이 쳐져서 적군이 몰라보고 퇴각했다는 성경 속 일화가 떠올랐다. 그 동굴만큼이나 아무도 들여다보고 싶지 않게 생겼으며, 그 안에는 50년 전에 수작업으로밖에 처리할 수 없었던 누런 종이 파일 정도나 들어 있을 법했다.

그나마 이렇게 평소에 개인적 사용이 금지된 공간을 출입 인식 오류 없이 드나들 수 있는 이유는, 안지가 가입한 또 다른 동아리인 화학사랑 소모임에서 활발히 활동하기 때문이었다. 과학연구실을 자주 쓰며 거기서 일어나는 각종 궂은일 처리를 도맡아 하여 화학 교사가 비상 출입 카드를 맡길 만큼 신뢰한다는데, 그리하여 얻어 낸 레어 아이템이라는 게 고작 다윗의 동굴이라니.

안지는 다이얼을 왕복 여덟 번 돌리고 나서도 마지막으로 열쇠까지 써서 캐비닛 문을 열었다.

"지금까지 약 이백사십 개."

그 안에는 모형이나 장난감이 아닌 진짜 폭탄 무더기가 들어 있었다.

그러나 그 폭탄은 가슴이 두근거리는 압도적인 박력과 긴장과는 거리가 멀어 보였을 뿐만 아니라 오히려 소박하기 이를 데 없었다. 그도 그럴 것이 마노는 처음 보고서는 귀 밑에 붙이는 멀미약 패치인 줄 알았다. 지름 5센티가 채 안 될 것 같은 동그란 모양의 얇은 화약 패치들이 상자 안에 담겨 있었다. 이걸 한 군데다 모아놓고 불을 피운대도 두 시간짜리 캠프파이어나 할 수 있을까 싶었다.

패치 앞면은 목표물에 손쉽게 탈부착 가능하도록 스티커로 되어 있고 그 위에 비닐 보호막이 씌워져 있었다. 패치 뒷면은 파우더 아닌 겔 타입으로 되어 있었는데 니트로화합물로 이루어진 기본 폭약에서 성분과 용량을 조절하여 응용 설계한 거라고 한다. 달리는 입학 전에 그 성분 배합 실험을 계속하다가 방주에 오고 나서 틈날 때마다 조금씩 만들어서 굳혀왔고, 만들어둔 데이터에 따라 하상을 제외한 나머지 사람들이 동일한 작업을 반복해왔다고 한다.

"효과가 얼마나 클지는 슈퍼헤르메스로 돌려봐야 실감이 나겠지만, 일단 계산상으론 패치 하나당 교실 하나 날릴 수 있어."

달리는 남 얘기하듯 시큰둥하게 말했다.

"이걸 군데군데 설치하고 나서는 일일이 돌아다니면서 불을 붙일 수 없으니까, 설치하기 전에 각 패치마다 타이머를 결합해야 해. 타이머에 맞춰서 뇌관이 터지고, 뇌관 파편하고 화약이 반응해서 폭발하게끔. 근데 내가 아직 거기까지는."

"그건 아마 내가 도와줄 수 있을 것 같다."

조심스럽게 패치를 뒤적거리던 두인이 말했다.

"필요한 부속물 리스트 좀 뽑아보고, 아직 확실하게 견적은 안 나오지만 가능할 것 같다. 그나저나 이월된 회비가 좀 넉넉해야 할 텐데 어떻습니까?"

안지가 웃음을 터뜨리고는 휴대전화를 두드려 모바일 뱅킹에 접속하기 시작했다.

"그런 줄은 몰랐는데 뜻밖에 마니아였구나. 난 네가 그저……"

탈퇴할 시기를 놓쳐서 못 나간 줄 알았어. 마노는 뒷말을 삼켰다.

지난주 첫 모임에서는 당황해서인지 실감이 나지 않아 멍하니 있을 뿐이었는지 아무도 탈퇴하겠다고 나서지 않았다. 그래봤자 딴 목적이 있는 마노 자신과, 마노를 따라왔을 뿐인 루비와, 종교 항목을 피해 들어온 두인 이 셋 모두 그다지 공모에 도움이 안 된다고 보면, 학교 폭파 프로젝트에 진지하게 가담할 1학년은 달리뿐이라고 생각했는데 지금 막 두인의 뜻밖의 태도로 상황은 조금 달라졌다. 달리는 그간 일련의 태도로 보아 시온과 한두 해짜리 인연이 아닌 것 같았고, 사제 폭발물에 관심을 넘어선 학구열을 불태울 뿐 아니라 직접 수차례 만들어본 모양이었다. 이제 타이머 결합의 성공만이 관건으로 보였다.

그런 다음 화약 성분을 데이터화한 자료를 입력하여 가상현실 체험 소프트웨어인 슈퍼헤르메스로 돌려보고, 그다음엔 각자에게 화약 패치를 나눠주어 부착할 곳을 지정할 것이라고 시온은 말했다. 처음에는 안개 속 미궁 같기만 했던 이야기가 실물로 조금씩 나타나자 이들이 뭔가 하긴 하려나 보다는 생각이 들면서 마노는 실감과 더불어 불안이 커져갔다.

처음에는 기분 나쁘고 귀찮은 일을 어쩔 수 없이 떠맡게 됐다 싶은 정도였다. 그저 기숙생들의 불온한 사고나 동태를 수시로 보고하면 되는 줄로 알았고, 실제로 일어날지 어떨지도 모르는 소요에 대해 이사장 아들이 과민 반응한다고 생각했으며 보고 이후의 일은 자기가 알 바 아니었다.

하지만 지금은 마노 자신이 느끼기에도 충분히 위험한 상황이 벌어지고 있었다. 비록 그 공모를 이루는 머릿수는 형편없었으나 그만큼 일당백으로 의지가 분명해 보였다.

이들이 왜, 아무리 보잘것없는 수준의 권리라도 자신들이 이미 손에 넣은 것들을 버릴 각오를 해가면서 이런 일을 꾸미는지, 1200미터 위로 상승하기까지 노력해온 이유가 무엇인지 마노는 머리로는 알았으나 가슴으로 받아들이지 못했다. 방주고는 뿌리 깊은 불평등을 재생산하는 공간이며 노예 예비군 양성반이 마련되어 있다. 그래서? 그 공간을 파괴한 뒤에는?

—중요한 건 어딘가에 도착하는 데에만 있지 않아. 어딘가부터 출발하는 데 있지.

시온은 그렇게 말했더랬다.

시온과 예전부터 알고 지냈다는 사실이 공공연히 알려진 달리의 경우는 그를 도와 이곳을 부수기 위해, 낙타의 몸을 하고서 합격의 문이 바늘귀만큼 열린 입학시험을 굳이 본 셈이었다. 마노는 자기 상식으론 그 시간과 노력이 아까울 것 같았다. 그만큼 스케일이 크고 능력 있는 아이라는 뜻인가? 이런 곳의 입학시험쯤 가뿐히 보아 줄 만큼. 호랑이를 잡으려면 호랑이 굴에 들어가라는 말이 이런 경우에도 적용되나?

"아주 나 돌았다고 이마에 써 붙이고 다녀라."

언젠가 마노가 화장실 대용으로 썼던 가나안 길 벤치에 앉아서 루비는 내뱉었다.

"정신 나간 것들 모인 데를 가서 뭘 화약인지 뭣인지까지 구경하고 그래?"

"어떻게 그런 걸 만들었는지 과학적으로 흥미가 좀 있어서, 신기해서 봤다. 보기만 했다고."

"그래서 어떻게 할 건데? 네가 과학에 그렇게까지 흥미가 있다고? 놀고 있네, 이 천생 어문학과가. 애당초 왜 네가 그런 조그만 모임에 들어갔는지 수상했어. 처음부터 독서클럽이 아니라 그런 뒤쪽 꿍꿍이를 노리고 들어간 것처럼 너는 태연했어. 인정하시지. 너 진짜 목적이 대체 뭐야?"

루비는 쌍둥이답게 감은 뛰어나지만 어디까지나 감일 뿐 핵심을 짚기까지는 시간이 걸린다. 말을 돌리는 게 상책이라고 마노는 본능적으로 느꼈다.

"……너는 그만두고 싶으면 그렇게 해. 나가서 선생님들한테 얘기해도 상관없어. 나는 좀더 두고 보고 싶으니까."

"네가 거기 있는데 누구한테 말하라는 거야. 그보다 여기 선생님들은 학습 관련이 아니면 대체 질문이고 얘기고 들어주는 법이 없다는 걸 나라고 모르지 않아."

루비는 아직까지 진상을 알지 못하는 그 감금 이후로 자기가 겪은 치욕과 분노를 얘기할 상대가 마땅치 않다는 사실을 깨닫고 있었다. 그런 루비한테라면 믿고 사실대로 말해도 좋을까.

마노는 학생회실에서 풀려나기 직전 일락의 마지막 협박을 떠올렸다.

―다시 말해두는데 네놈이 어디다 도와달라고 해봤자 들어줄 사람 아무도 없어. 선생도 경찰도 목사도 군인도 기자도. 하지만 윤시온 그 자식을 포함해서 그 주위에 관련된 놈들한테 한마디라도 뻥긋하면…… 알지? 루비 공주가 어떻게 될지.

절대로, 절대로 말할 수 없다. 마노는 작게 한숨을 토했다.

더 이상의 증거는 없다 123

"누나."

루비는 흠칫 놀라며 일어섰다.

"이 자식이 왜 이래, 섬뜩하게. 천 년에 한 번 할까 말까 한 소리를."

루비가 온몸에 돋은 소름을 어깨에서 털어내는 시늉을 하자 마노는 실소를 터뜨리며 손사래를 쳤다.

"그래, 이루비. 나는 다만 내가 있는 데가 어떤 곳인지 정도는 분명히 보아두고 싶을 뿐이야. 나도 그 선배들 계획에 완전히 찬성하는 건 아냐. 하지만 그 선배들을 그렇게까지 몰아붙인 무언가가 여기 있을 거고, 내가 알고 싶은 건 그거야. 게다가 아직 실행에 관해서 구체적인 이야기는 하나도 나오지 않았어. 기껏해야 결행일은 이 학교 개교기념일에 맞춘다는 정도? 그때까지 실험이 실패할지도 모르고, 그전에 마음들이 어떻게 바뀔지는 아무도 몰라. 어쩌면 나는 폭파 자체가 상징적인 의미를 갖지 않을까 싶기도 해. 학교 하나 날려버린다고 바뀌는 일이 없다는 걸 분명 알면서 하는 짓이거든. 그 이유를 좀더 들여다보고 싶어. 겉으로 보이는 것과는 또 다른 모습이 이곳에 있다는 말에 최소한 눈을 감고 싶지는 않아졌다고."

"이유는 무슨 이유. 내가 보기엔 과포화 상태의 자아도취일 뿐이야."

"그럴까. 자아도취가 심각한 인간들 같으면 애매한 학생들이 다칠 걸 고려해서 결행일을 휴일로 잡지는 않을 것 같은데."

그렇게 말하는 동안 마노는 어느새 스스로 마음이 정리가 되어 선배들의 마음에 공감할 것만 같았다. 루비에게 들려주기 위해 마음에 없던 이유를 갖다 붙였는데, 여기서 조금만 더 거짓 주장을 그럴듯하게 했다가는 자기 말에 자기가 설득 당할지도 모르겠다는 생각마저 들었다.

아무리 봐도 그들은 겉보기에는 진심으로 파괴를 꿈꾸며 테러를 준비하는 사람들 같지 않았다. 달리만 빼고는 조화롭고 따뜻한데다 상냥하고 친근했으며(심지어는 자다가 나갔을 뿐인 유령 회원 박하상조차도 달리에 비하면!) 머리부터 발끝까지 교사들의 즐겨찾기 폴더에 들어 있을 것만 같은 품행 방정한 모범생이자 우등생들.

"우리 문제 일으키지 말자. 네 호기심만 생각하니? 엄마 아빠는 안중에도 없고? 나 같으면 말야, 그래, 그 사람들 말하는 거 다 사실이라고 쳐. 아니, 사실이지! 비약이 좀 심하긴 하지만 노예 양성 학교 운운하는 거 다 맞다고. 하지만 우리 엄마 그렇게 생각 없는 사람 아냐. 그런 부분까지 모르고서 우리를 이리로 보냈을까? 엄마도 분명 알고 있을 거야. 우리가 여기서 배 두드리며 잘살 수만은 없다는 것을. 하지만 우리가 여기 입시를 치른 것하며, 들어오기까지 모두 도움 받은 것, 엄마 나름대로의 메시지야. 엄마 아빠는 걱정하지 말고 거기서 너희들 힘내서 행복하게 살라는 거야. 방주시 토박이들처럼 대접받으면서 부귀영화를 누릴 수는 없어도, 우리 몸이라도 이 공간에 속해 있는 것 자체가 엄마 아빠한테는 안심이라는 뜻이야. 인프라가 갖춰진 곳, 살기에 조금이라도 덜 불편한 곳, 질병과 기아가 없는 곳에 말이야. 그런데 지상의 사랑하는 사람들을 위해서 이곳을 무너뜨리고 어지럽힌다니, 그게 오만이고 자아도취가 아니면 뭔데. 속된 말로 배 아프니까 다 같이 손잡고 죽자는 거 아냐. 그리고 너!"

루비는 조금만 더 말했다가는 숨이 가빠서 쓰러질 것처럼 보였다.

"너 그렇게 공부해서 여기 입학한 이유가 뭐야. 이 도시에 온 이유. 엄마가 부추기기도 했지만 결국 너는 그때 그 광장의 아이, 네 첫사랑을 만나고 싶어서 온 거잖아? '여기 사람'이라는 한마디에, 이름도 모르는 그 아이를 찾아서. 너 분명히 오리엔테이션 이튿날에 기숙생들이 한 명씩 나와서 자기소개하던 시간에 그랬잖아. 평소에는 아무리 찔러도 별말 없던 녀석이, '저는 한 여자를 찾으러 방주시에 왔어요' 했더니 몇몇 놈들은 휘파람 불어대면서 저 자식 튀려고 용쓴다고, 농담 취급했지만 너는 그런 걸 장난으로만 말할 애가 아니야. 어느새 그 일은 잊어버렸고, 좀더 크고 무거운 명분이라도 찾아보겠다고? 꿈속의 여자를 찾아봤자 정작 너 자신이 문제를 일으켜서 추방당하면 그걸로 끝이야."

"아니, 잊지 않았어. 그 애도 찾을 거야. 그리고 난 눈으로 보기만 했을 뿐 아직 아무것도 안 했어. 자꾸 쫓겨난다느니 재수 없는 소리 좀 하지 마."

그 말을 하다가 마노는 문득 자연스럽게 다나가 떠올랐다. 합동예배 시간에 멀리서 본 적은 있지만 그 뒤로 말은 나눈 적 없이 시간이 흘렀다. 버려질 뻔한 추억을 주워준 선배에게 자연스러운 인사로 빚을 갚을 때가 되었다고 생각했다. 억울하거나 초조하거나 화나는 일로만 스물네 시간 머리를 채울 수는 없었다.

그래, 일단 다음 주에는 본격적인 로데오 거리 데뷔다.

"크뤼디테[19]하고 대구 브랑다드.[20] 이쪽은 시푸드 데리야끼 리조또. 무알콜 와인은 스파클링에 화이트로요. 크뤼디테에 소스는 머스터드 빼고 사우어 크림만 주세요. 브랑다드는 지난번에 반죽이 좀 거칠었지 싶은데. 우유는 갖다가 쏟아 부었는지 너무 많이 들어가서 느끼했으니까 이번엔 신경 좀 써주세요. 감자는 좋아하니까 많이 넣어도 상관없지만 대구 맛을 가리는 건 싫어요. 마늘은 평소 쓰는 만큼보다 삼 분의 일쯤 줄여서 넣어주시고요. 크루통[21]은 네 조각으로 나눠서 올려주는 건 좋은데 너무 크지 않게 한입 크기로요. 오븐에는 너무 오랫동안 넣지 마세요. 착색이 지저분해지니까. 후식은 살구 콩포트.[22] 그리고……"

품위 있고 부드러운 손짓과 울림이 크지 않으면서도 음색이 곱고 분명한 알레그레토의 목소리. 이 장소의 공기에 균질하게 흡수된 듯 어울리고 익숙한 태도였다. 다나는 자기 앞의 전자 메뉴판을 드래그하여 마노 쪽으로 밀면서 말했다.

"너는 리조또에 뭐 특별히 부탁할 거 없니? 소스에 뭘 더 넣어

---

19) crudités: 당근, 피망, 브로콜리 등을 썰어낸 생 채소 샐러드.
20) brandade: 감자와 대구 살로 만든 프랑스 요리로 구이나 크림 형태로 먹을 수 있다.
21) croûton: 수프에 띄우거나 샐러드에 넣는 튀긴 빵 조각으로 여기서는 브랑다드에 올려 먹는다.
22) compote: 과일을 통째로 설탕에 조린 디저트.

달라든가."

마노는 잠깐 넋을 놓고 있다가 다나가 손가락으로 식탁을 가볍게 두드리자 흠칫 놀라며 양손을 내밀어 저었다.

"아뇨, 그런 거 전혀 없어요. 특별히 따지는 것도 없고요."

그러면서도 자기의 몸짓이 이토록 호화로우며 무게 있는 레스토랑 분위기에 어울리지 않을 만큼 어설퍼 보일까 싶어 순간적으로 후회했다. 이런 데에 처음 온 티를 굳이 낼 필요는 없는데.

낭패스러운 결정적인 이유라면, 자기는 기껏 인터넷을 두 시간 동안 뒤져 고른 곳이건만 다나는 이미 와본 곳이란 사실을 주문하면서 알았기 때문이다. 인터넷을 뒤질 시간에 기숙사 내 2, 3학년들을 붙잡고 물어보는 게 더 나을 뻔했다.

장소를 검색하며 마노는 은근히 스트레스를 받았더랬다. 도대체 어느 레스토랑이고 간에 흔해 빠진 파스타를 찾기 힘들거나 어쩌다 간혹 나오는 장소는 간결하고 소박한 파스타 전문점으로 이탈리아 본토라면 가정식 밥집이나 분식집에 해당할 만한 곳이어서, 자신의 기호와는 상관없이 그곳으로 여자를 데려가면 두고두고 얘깃거리가 될 것만 같았다. 비록 다나가 그런 경우 없는 사람으로 보이진 않았지만. 프랑스식을 취급하는 곳 가운데 괜찮아 보인다 싶은 곳은 회원제로 운영되어 브이아이피 고객만 상대하고 회원 가입 조건도 까다로워, 본인이 방주시 입성 5년차가 되었거나 경제 능력이 받쳐줘야 했다. 그래서 결국 무난해 보이고 이름이라도 들어본 리조또가 있는 데로 고른 거였다. 가족과 함께 패밀리 레스토랑 이상의 곳을 가본 적이 없었고 가끔 친척 결혼식 때 호텔 식당에 가더라도 뷔페식이 일반적이었다. 브랑다드라니, 처음 들어보는 이름이다. 마노는 콩포트니 무어니 하는 이름을 아무렇지도 않게 말하는 여자 선배와 앞으로도 꼭 알고 지낼 필요가 있을지 순간 고민했다.

다나는 온화하고 사려 깊은 미소를 지어 보인 다음 스태프를 올려다보았다.

"들으셨죠? 그대로 해주세요."

다나가 이것저것 불만이나 요구 사항이 많은 걸 보면 이 가게는 로데오 거리에서도 썩 잘나가는 데가 아닌 모양이었다. 들어올 때 보니 마침 저녁 시간인데도 홀 좌석은 대부분 비어 있었다. 칸막이 자리에 안내받으면서 마노가 다른 부스들을 흘깃 곁눈질했을 때도 마찬가지였다.

상대 불문 어쨌든 여자에게 사례하는 거라서 마노가 특히 신경 쓴 점은 조용한 장소일 것, 인테리어가 좋은 곳일 것. 조용하다는 점에서는 확실히 조건을 충족했지만, 이왕 이렇게 될 줄 알았으면 용돈 계좌 한도가 좀 아슬아슬하더라도 최대한 좋은 데로 알아볼걸 그랬다.

그때 다나는 뜻밖에도 이렇게 말하는 거였다.

"좀더 괜찮은 걸로 시켜도 되는데. 오늘 여기는 내가 살게."

"어? 하지만…… 오늘은 제가…… 그건 얘기가 다른데요."

다나는 미소를 지었다.

"됐네요, 너한테 말했던 건 장난이었다고 통화할 때부터 진작 그랬잖아. 어린 후배를 뜯어먹는 건 도리가 아니지."

"어, 그러면……"

요리를 따지고 들 때는 가차 없어 보였으나 다나는 뜻밖에도 상대를 위해주는 마음이 있었다. 그저 미각이 뛰어날 뿐 이쪽이 원래 성격이라고 마노는 믿었다. 그 증거로 다나는 이미 와본 곳, 그다지 맘에 들지 않는 곳이었음에도 이 장소를 선택하기까지 고민했을 마노를 생각하며 말없이 들어온 것이다.

마노는 고마운 한편 무안하기도 했다. 자기가 이런 데 익숙지 않다는 사실은 이미 얼굴이나 태도에 다 드러난 것 같고, 순수하게 보답하려다가 도리어 배로 돌려받은 것 같았다.

"그러면 다음엔 꼭 제가 사게 해주세요."

다나는 두 손을 둥글게 쥐고 턱에 괸 채로 활짝 웃었다.

"오, 그래? 그런 식으로 나오면 사람이 맘대로 착각하는데. '다음'을 얘기하다니."

"네?"

"오늘만 보고 말 게 아니라 다음에 다시 만나자는 거잖아."

"아."

그런 뜻이 되는구나. 처음은 우연이거나 인사 차원이라도 두번째부터는 그게 아니다. 학교에서만 오다가다 마주치는 걸로 충분한 2학년 누나 이상으로 각별해진다. 마노는 본의 아니게 자기가 작업을 건 셈이 되어버렸다는 걸 깨닫고 얼굴이 상기됐다.

그러나 그런 인연이 없었더라도 다나는 마음에 끌릴 만한 사람이었다. 맑고 또렷한 목소리와 분명히 의견을 피력하는 말투, 빈틈없어 보이는 얼굴을 하고선 덜렁거리다 테이블에 물을 흘리고 그걸 모르는 척 팔로 쓱 닦고 지나가는 털털한 점이나, 부드러운 턱선과 둥글고 말랑해 보이는 귀, 머리카락을 틀어 고정한 산호색 핀을 만지작거리는 손가락의 곡선. 그 너머의 진짜 표정을 궁금하게 만드는 안경알. 이들이 한데 모여 뭐라 말하기 힘든 오묘한 분위기를 빚어내고 있다.

"누나, 혹시 옛날에 저 어디서 만난 적 없어요?"

"응? 야, 순서가 엉망진창이잖아. 그런 말은 원래 처음 만났을 때 거는 수작인데."

"보통은 그럴 텐데 지금은 진지하게 묻는 거예요. 제가 좀 찾는 사람이 있거든요. 이렇게 만난 것도 인연이니 확인해봐도 좋겠다 싶어서. 초면에 너무 무례한 생각인가요."

"그렇지는 않지만 오히려 미안한데…… 내가 기억을 못 하고 있는지도 모르니까. 기억할 만한 어떤 일로 만났나?"

"예를 들면…… 한 오 년쯤 전에…… 아니다. 그건 됐고. 혹시 이런 거 본 적 있거나 알고 있어요?"

마노는 펜던트만큼은 아니지만 자주 갖고 다니던 레이스 손수건을 주머니에서 꺼내 펼쳐 보였다.

"어, 그건……"

"안다는 거예요, 아니면 남자한테 너무 안 어울려서 놀랐다는 뜻이에요?"

"글쎄. 그런 게 나한테 있었던 것 같기도 하고, 아니면 남의 것을 본 것 같기도 하고. 디자인이 흔한 편은 아닌데 잘 모르겠네…… 기대에 어긋났어?"

"아니에요, 괜찮아요. 찾는 사람이 그렇게 한 큐에 바로 나타날 리 없으니까."

그래도 조금쯤 바랐던 눈치가 표정에 여운으로 맴도는 걸 보고 다나는 말했다.

"내 생각인데, 그거 들고 다녀도 별로 소용없을 것 같아. 생각해 봐. 자기가 오 년 전에 썼던 손수건 디자인까지 기억하는 사람이라면 그건 그거대로 집착이 심하고 피곤한 성격 아닐까?"

"하하, 그럴지도 모르겠다."

분위기를 바꿔주려는 농담인 걸 알기에 마노는 편안해지며 고마움을 느꼈다. 정말로 그녀가 광장의 그녀와 동일인이라면 좋았을 텐데.

"그래도 넌 계속 갖고 다니겠지?"

"네."

둘이 마주 보며 웃음을 터뜨릴 때 브랑다드가 먼저 나왔다. 마노는 접시를 내려놓고 일본식으로 허리를 90도 숙이는 스태프의 옆모습을 보고 문득 생각했다.

─도시의 시스템을 유지시켜줄 따까리들이 필요해졌어.

시온의 말에 따르면 이와 같은 일을 하는 사람들은 '직업별 전형'을 거쳐 분기별로 1회씩 올라온다고 했다. 지금 학교에서 근무하는 교사들도 그 하위 갈래 전형을 통한 직업인으로서 항목 코드상 '전문인'으로 분류되어 있었다. 하나의 업체에서 일꾼을 고용하고자 하면 시의 인적자원관리부에 서류를 제출하고, 방주에 장기 체류가 가능한 지상의 사람들이 지원을 한다. 이들 가운데 서류 전형에서 통과된 지원자들이 면접을 본다. 사무직이나 금융 관계 종사자를 뽑을 때는 필요한 서류가 더욱 세분화되고 종수도 늘며, 아이들이 방주고에 입학했을 때만큼이나 8촌 이내 친인척의 사상과 재정 상황을 면밀히 검토한다.

그렇다고 해서 지금 요리를 내온 스태프와 같은 사람들이 유연하고 허술한 서류만으로 만만하게 통과된다는 뜻은 결코 아니다. 그 스태프는 면접 시 확인 가능한 외모와 교양 외에, 자신과 가족에게 일정 수준을 초과하지 않는 범위의 빚이 있으며 신용 등급도 높다는 사실을 증명해야 했을 터다. 또한 자신이 얼마나 삶을 긍정적으로 바라보며 미래를 낙관적으로 전망하고 체제에 순응하는 한편 자유 민주주의의 일원으로서 충분한 주권을 행사하고 있다고 생각하는지를.

그때 문득 다나가 말을 붙여 마노는 생각을 접어두었다.

"와서 뭐 특별히 힘든 건 없고? 하긴 나 같은 사람한테 속아 넘어갈 정도니 그런 게 애로 사항이겠구나."

마노는 웃음을 터뜨리며 고개를 저었다.

"그 정도는 속아 넘어가줄 만하지요. 덕분에 지금 잘 얻어먹기까지 하니 오히려 대환영인걸요. 문제는……"

"문제는?"

5년 전에도 어렴풋이 알았으나 지금은 뼈마디가 저리도록 체감하는 사실. 마노는 누군가가 떠난 다른 식탁을 정리하고 있는 스태프의 뒷모습을 돌아보며 중얼거렸다.

"……일종의 벽이 좀."

"벽이라니."

"틈……이라고 부르는 게 더 정확할지도 모르겠어요. 티 나게 드러나거나 어떤 강령으로 존재하는 건 아닌데 피부나 공기로 와 닿는 느낌이에요. 누나가 그랬다는 건 아니고, 아무래도 우리는 소수이다 보니까. 아무도 뭐라고 하지 않는데 다가가보면 벽이 만져져요. 투명하지만 단단하게 말이에요. 이거 뭐 그냥 자격지심인가? 그래도 조금은 전달이 됐나요."

"아……"

다나는 마노의 시선이 머문 곳으로 눈을 돌리다가 고개를 끄덕였다.

"무슨 뜻인지 알겠어. 하지만 어딜 가나 상황은 마찬가지가 아닐까. 달라지는 건 입장뿐이지. 네가 여기 아닌 다른 곳에서였다면 너는 오히려 다수의 하나가 되고, 너한테 아무리 그럴 의도가 없었던들 자연스럽게 소수를 배제했을지도 모르지. 그러는 대신 너는 이곳을 선택했을 뿐이야."

"그건 알아요."

"후회해?"

"조금은."

그때 리조또가 나왔다. 밥을 덮은 크림소스 사이로 윤나는 분홍색 새우 살과 굴이 드러났다. 마노가 포크를 드는 것을 보고 다나도 대구 살을 집어 올렸다.

"고생 고생해서 와놓고 벌써 후회하긴 이르지 않아? 여기에 사는 내가 말하는 거니까 별로 설득력 없게 들릴 수도 있지만, 나는 기본적으로 그렇게 생각해. 어떤 조작을 가하지 않으면 완전히 텅 빈 공간이란 사실 없잖아? 빈틈에는 먼지가 차 있거나 하다못해 공기라도 들어 있지. 자갈 사이에 흙이나 모래를 끼웠으면 언젠가는 고운 입자들이 자갈 사이사이로 들어가서 제자리를 찾아. 물이면 더 말할 나위도 없어. 자연의 법칙이 그런데, 사람하고 사람 사이에 있는 틈은 언젠가는 메워지지 않겠어? 어느 한쪽이 그럴 마음이 있는 한 말이야."

챙강.

마노의 손끝에서 포크가 떨어져 접시에 작은 진동이 일어났다. 다나는 웃었다.

"야, 야. 맘에 안 들면 말로 해. 그렇게 달그락거리면서까지 노골적으로 반대할 건 없잖아."

"아니, 아니에요. 그게…… 잠깐 딴생각하다가."

마노는 주운 포크가 떨리지 않도록 손가락 끝에 힘을 주었다. 손바닥에 땀이 차고 가슴이 술렁거렸다. 이런 비슷한 말, 분명 어디선가 들은 적 있어.

누구라도, 언제라도 할 수 있는 평범한 말일 뿐이라고 생각하면서도, 마노는 나올 때 계산대 앞에 선 다나의 어깨에 저도 모르게 손을 가져갔다.
"가만 계세요. 뭐가 좀 묻었네요."

두인은 지금 집으로 돌아가는 길이다.
방주고 기숙생들은 직계가족 경조사와 같이 긴급하고 중대한 사유가 없는 한 학기 중에는 집에 돌아갈 수 없다. 표면적인 이유는 학업 방해다.
그러나 방주시에 익숙해진 아이들은 공공연한 진실을 안다. 지상의 아이가 혹시라도 묻혀올 전염병균, 위험 물질이나 불법 물품 반입출 등 여러 문제를 수월하게 통제하고 관리하기 위해서다. 그게 아니라면 학생들 외에 도시의 적잖은 일꾼들도, 출입통제센터에서 지상에 내려가는 엘리베이터를 타는 데에 일일이 웹으로 신청서를 등록해야 하고 그마저 하루에 최대 100명으로 탑승 인원이 정해져 있을 리가 없다.
두인은 바로 그 특별한 사유에 해당되어 지상행 엘리베이터를 타게 됐다. 주말에 누나의 결혼식이 있을 예정이다.
출입통제센터의 검색대를 통과한다. 탈방주 즉 이주 목적으로 나가는 사람—이곳에서의 이주란 낙오나 탈락을 의미하므로 그런 일은 좀처럼 없지만—은 사전 신고를 해야 하며, 지금 두인처럼 임시로 지상에 다녀오는 사람은 일정 부피 이상의 짐을 가지고 가지 못하게 되어 있다. 선물 등의 용도로 대량의 물건을 내려보내야 할 경우 별도로 물류운반센터에 접수시켜야 한다. 두인은 크로스백 하나를 달랑 메고 있으며 금속 제품이 없기 때문에 빠르고 여유롭게 검색대를 통과한다.

출입 단말기에 지문을 대고 카드를 긁는다. 본인 확인 메시지와 함께 엘리베이터로 통하는 문이 열린다.

정보 분석에 따른 전자적 차단과 확인 없이는 열리지 않는 거대한 방탄 자동문은, 이쪽과 저쪽을 가르는 모욕적이면서도 분명한 상징이다. 물리적 구분으로 사람들에게 저마다의 질량과 부피를 규정하는 문.

이곳 시민들 하나하나 개인적으로는 지상의 사람들에 대해 어떠한 편견이 없다 해도 요소의 성분이 합의 성질까지 결정하는 건 아니었다. 대체로 그들이 지상의 사람들을 바라보는 관점은 그랬다. 지상의 삶이란 비정상적 기후와 물질 부족이 만성화되어 있으며 질병 관리도 체계적으로 되지 않아서 건강한 일상과는 인연이 없는 한편, 다달이 밀림으로써 악순환의 굴레를 만드는 카드 결제 대금과 대출 이자가 허용하는 한도 내에서 간신히 운용되리라는 것이었다. '간신히'라는 말부터가 삶을 지탱하는 능력의 고하를 판단하는 서민적인 표현으로서, 방주시의 사람들에게 있어서는 품위 없는 말로 사전에서나 찾아볼 수 있을 터였다.

나가는 길은 비교적 수월하고 단조롭지만, 내일모레 돌아올 적에는 과정이 좀더 복잡다단할 터다. 속옷만 입고 초음파 전신 방역소

독기를 2회 통과한 뒤, 가방에는 새로운 짐이나 금속 물질 또는 위험 물질이 없는지 검사를 받아야 할 것이다.

그때도 지금 두인이 가진 작은 반지 상자 정도는 별문제 없이 통과될 것이다.

"진짜 부탁 좀 하자. 이런 일, 아무한테도 말 못 해."

그동안 룸메이트라는 사실 외엔 별로 친밀할 일이 없는 정도를 넘어 서로에 대한 무관심으로 일관했던, 그나마 '같은 동아리'라는 항목이 하나 추가되었을 뿐인 마노가 그렇게 말하며 상자 하나를 내밀었다. 뚜껑을 열자 이중으로 밀봉된 두 겹의 비닐 팩 속에 머리카락이 들어 있는 걸 보고 두인은 어떤 저급한 호기심도 나타내지 않고 다만 이렇게 물었다.

"옛날에 네가 말했던 '첫사랑 그녀'와 관계있는 거야?"

아무리 그래도 명색이 룸메이트인 두인은 첫 오리엔테이션 때 기숙사 강당에서 했던 자기소개 시간을 기억하고 있었다.

첫사랑 그녀를 찾으러 왔다는 마노의 이야기는 쉽게 잊을 법한 것이 아니었다. 그게 목적의 전부라고는 아무도 믿지 않았지만, 할머니의 부재로 일종의 맹목 상태가 된 두인의 눈에는 그런 낭만적인 이유로도 이곳에 오는 녀석이 있다는 게 신선해 보였다.

"그래. '그녀'가 있다고만 했을 뿐 내가 이런 걸 갖고 있는 건 루비 말고는 너밖에 몰라. 그녀일지도 모르는 사람의 머리카락이 이거. 이쪽이 옛날 그녀한테서 뽑힌 거고. 너 현미경 잘 보니까 봐줄 수 있지? 그 과학실에 있는 현미경, 엄청 비싸고 좋은 거잖아. 나는 거의 다룰 줄 모르지만. 결과가 일치든 불일치든 간에 정말 크게 쏠게. 안 되겠냐?"

두인은 고개를 갸웃했다.

"형태 분석은 해줄 수 있지만 글쎄. 아무리 둘이 같아 보이더라도 확실한 방법은 DNA 분석인데. 현미경으로 백날 들여다봐야 속질 형태하고 색소 입자 분포 정도밖에 비교 못 한다. 흐른 시간만 몇 년인데, 그 사이에 상대방이 염색이나 탈색을 해도 몇 번을 했을지 모르잖냐."

"그럼 전혀 소용없는 짓이야?"

"어디까지나 참고는 될 수 있지만 세월이 너무 많이 흘러서, 솔직한 판단으론 무의미한 짓에 가깝다고 봐야지. 아무리 샘플을 철저히 밀봉 보관했더라도 산 사람은 노화가 진행되는데."

그 말에 마노가 눈에 띄게 풀죽는 모습을 보고 두인은 당황했으나 곧 제법실상[23]의 도를 설파하듯이 편안하게 말을 이었다.

"그냥 그 누나한테 옛날 일을 물어보는 게 빠를 것 같은데?"

"아, 진짜! 그럴 수 있으면 고민도 안 하지. 기억 못하는 것 같았단 말야. 동일 인물이라도 그래서야 의미가 없어, 차근차근 접근하지 않고서는."

"알았다. 알았어."

---

[23] 諸法實相: 우주의 모든 존재가 진실한 모습으로 그 자리에 있는 일.

두인은 한숨을 쉬었다.

"뭐 너무 실망하진 마라. 이걸 나한테 넘겨도 된다면 부탁할 사람이 있으니까."

사실 그 부탁할 사람이라는 게 별로 친한 사이가 아니어서 되도록 그 말만은 아끼고 싶었지만 두인은 대답했다.

"정말이야? 하지만 여러 사람이 알지 않았으면 하는데."

"어, 아예 외부인이면 상관없겠지. 우리 누나랑 결혼할 사람이 소마타 유전자 연구소라는 데서 일하는데—연구라고 해야 하나, 주요 업무는 그 왜 친자 확인해주는 데 있잖냐. 조금 시간은 걸리지만 내가 부탁하면 신혼여행 다녀와서 이 정도 샘플은 봐줄지도 모른다."

"진짜지. 이 은혜 잊지 않을게."

"그래도 밀려 있는 샘플이 부지기수일 테니까 너무 기대는 하지 말고. 게다가 다른 문제는…… 이쪽에 든 게 비교 대상이랬지?"

"응, 그게 이번에 그 누나한테서 슬쩍해온 거야."

"옛날 샘플은 확 잡아 뽑힌 거라니까 문제없는데, 이건 네가 그 누나 어깨에서 주워온 거라며. 자연 탈락한 머리에는 모근이 안 붙어 있을 수도 있다. 그러면 비교 검사가 힘들지, 완전히 불가능하지는 않지만."

"그래도 괜찮아. 할 수 있는 데까지만 부탁하자."

이렇게까지 절실해 보이는 데에야 도리가 없었다.

"게다가 정말 중요한 거라면 이 샘플을 나한테 다 주면 안 된다.

분석에 쓰고 나면 남는 게 없을 테니까 반만 줘라. 그중에서도 또 반을 내가 현미경으로 보고, 나머지 반을 그 형한테 넘길 테니까. 이 비교 대상은 다 써버려도 되는 거냐?"

"난 그런 사실도 몰랐어. 정말 고맙다. 그 안에 든 건 다 써도 돼."

"알았다. 그래도 앞으로 계속 '그녀' 후보가 새로 나타날 때를 대비해서 나머지 샘플은 웬만하면 아껴두는 게 나을 거다."

사람들을 지상으로 실어 내려보내는 거대한 엘리베이터 문이 열린다. 엘리베이터는 긴급한 경우가 아니면 한 시간마다 1회씩 운행한다. 사람들을 모아 보내서 전력 낭비를 줄이기 위해서다. 오늘은 신청자가 많이 없는지 그 넓은 엘리베이터 안에 두인 혼자만이 탄다.

두인은 휴대전화를 열고 매형이 될 사람에게 보낼 메일을 쓰기 시작한다.

설탕이 녹기를 기다려*

* "설탕물 한 잔을 마시려면 설탕이 녹기까지 기다려야 한다"—앙리 베르그송.

"……그래서?"

"그래서는 뭐가 그래서야. 거기까지가 끝이야. 더 이상 파도 안 나와."

방 안의 공기는 금방이라도 끊어질 듯 팽팽한데다 고운 사금파리를 먹여 자칫하면 손가락이 베일지 모를 바람 속 연실 같았다.

소파 뒤에 서 있던 2학년 하나가 손바닥으로 마노의 뒤통수를 쳤다.

"듣자 듣자 하니까 이 새끼가 끝까지 반말로 찍찍 까네. 새끼, 눈 안 깔아?"

마노는 뒤에서 으름장 놓는 2학년 때문에 동요하지 않으려 애쓰며 마주 앉은 일락을 똑바로 바라봤다. 일락은 차가운 실소로 시선에 답하며 뒤쪽 2학년에게 손짓했다.

"냅둬. 천한 놈이 사람다운 예의를 알 거라고 기대하지 않아. 필요한 얘기만 뽑아내면 그만이야. 그런데 좀 마시지그래?"

일락은 식어가고 있는 블루베리 티를 턱으로 가리켰다. 모락모락 나던 김이 거의 사그라졌다. 마노는 이 컵을 저놈 면상에 던져, 말아, 오락가락하는 충동과 싸우다 아예 팔짱을 끼어서 제 손을 묶어 버렸다.

"뭐가 들어 있을 줄 알고. 절대 안 먹어. 내 얘기는 이걸로 끝났어."

"아니, 끝나고 말고는 내가 판단해. 정보가 너무 부족하다고 생각하지 않아? 그런 식으로 나오면 안 좋을 텐데."

"예상보다 일찍 불렀으니까 그렇지. 제대로 모인 게 세 번뿐이야. 구체적인 걸 나도 모르니까 아는 데까지만 말했잖아. 개교기념일에 맞춰서 학교를 폭파하신다는데 그 이상 무슨 뉴스를 물어 오라는 거야."

"설마 망치로 두드려서 부수겠다는 건 아닐 거고, 폭발물을 만들던 부속이라도 있을 텐데. 뇌관 부스러기나 흑색화약 세트 같은 걸 집어 왔어야지."

"아직 화약 성분을 배합하는 시험 중이라 완성이 안 됐다고, 다 만들면 보여준다고 그랬어."

마노는 실험실 어두운 구석방의 음습한 폐기물 같은 캐비닛을 떠올리지 않으려고 노력하며 대답했다.

일락이 아무 대답도 없이 한참을 빤히 바라보자, 마노는 눈을 피하지 않기 위해 필사적으로 안면 근육에 힘을 주었다. 지금 눈 돌리면 거짓말이라는 걸 들켜버려. 침도 삼키지 말아야 해. 목울대가 움직이는 걸 놈이 보면 내가 긴장하고 있다는 걸 알게 돼. 혀끝으로 입술을 적셔서도 안 돼. 입안이 타들어간다는 게 드러날 거야. 손으로 귀를 만지거나 탁자를 두드려서도 안 돼, 무릎도 건들거리면 안 돼, 제발 이대로 가만히 있어!

마침내 일락은 사실 다 알지만 모르는 척해주겠다는 듯 친절해 보이는 미소를 짓고 고개를 끄덕였다.

"뭐 믿어줄게. 아직 너도 익숙하지 않은데다 어리바리한 모양이니까. 하지만 이제부터는 머리를 좀 굴려. 놈들이 그렇게까지 말했다면 폭발물을 어디다 설치할지 위치를 표시해둔 학교 설계도가 있을 거란 말이다. 놈들 중 누군가의 휴대전화에 저장되어 있을 게 뻔한데 그거라도 훔쳐내 오라고. 헛다리 짚을 거 없이 윤시온한테 있을 거다. 일이 틀어졌을 때 혼자 뒤집어쓰겠다고 나댈 놈이니까."

자신이 그렇게 꼭두각시처럼만 움직이지 않는 놈이란 사실을 알게 하려면 이쯤해서 한번 받아쳐줘야겠다고 생각하며 마노는 비아냥거렸다.

"회장님이야말로 머리를 좀 쓰세요. 나라면 폭발물의 위력이 어느 정도인지 크기도 파급력도 확실치 않은 상태에서 지도에다 표시부터 하는 바보짓은 안 할 테니까. 공연히 장소부터 점찍고 설치 간격을 임의로 설정했다가 완성품이 생각만큼 나와주지 않으면 결국 계획을 바꿔야 하잖아? 머리 나쁘면 손발이 두 번 고생하는 법이지."

"아, 이 새끼가 진짜 뭘 믿고."

설탕이 녹기를 기다려

뒤에 서 있던 2학년이 마노의 뒷덜미를 잡아 억지로 일으키려 했으나 마노는 더 이상 당하고만 있지는 않겠다는 뜻으로 단호하고도 힘 있게 손을 뿌리쳤고 일락도 손사래를 쳤다.

"가만두라고 했지. 내가 언제 자꾸 끼어들어서 방해 놔달래? 그리고 너는……"

일락은 히피 천사 시계를 흘끗 보더니 손을 털고 일어났다.

"나중에 부르면 다시 와. 시간은 충분히 줄 테니까 그동안 하나라도 더 건져. 분명히 말했다, 사소한 말 하나라도 주워 오라고. 나는 생명 윤리에 대한 영어 토론이 있어서 이만 가봐야겠어."

생명 윤리라니 그것만큼 일락과 어울리지 않는 말도 없다고 마노는 생각했다.

"이제 충분하지 않아?"

동아리든 학생회든 진심으로 빠지고 싶은 마음이 앞서나간 나머지, 지금까지의 자기 설정을 깜박 잊고 마노는 순간 본심을 다급히 흘렸다. 약속을 지킬지 어떨지 확실치도 않은 편의 보장 따위보다 지금 당장의 일상적인 평화가 목마른 마노였다.

"이제 누가 무엇을 주도하는지 확실히 알았으니까 나랑 루비는 좀 냅두고, 당사자들 불러다 회장님이 좋아하는 수법을 다시 써서 토해내게 하지그래. 달리는 시온 형하고 엄청 친해 보이던데 약이라도 먹여다가 루비 때처럼 사람 협박할 때 써먹으면 되잖아."

그때 일락이 교복 안주머니에서 무언가를 꺼내어 마노의 목에 들이댔는데, 그 동작은 조용히 쉬면서 발톱을 감추고 있던 맹금류가 갑자기 날개를 펼치기 무섭게 초식동물을 할퀴어 낚는 모습과 닮아서 마노는 순간적으로 숨을 들이켰다. 이미 목 왼쪽에 차가운 금속이 와 닿아 있었다.

주머니칼인 줄 알았는데 뜻밖에도 그건 뚜껑을 뺀 몽블랑 만년필이었다. 아 난 또 뭐라고. 마노가 참았던 숨을 토해내려 하자 펜촉이 목을 찔러왔다.

"시시해 보이지. 근데 이런 거라도 찔리면 조금 아프다? 제 속도 내서 박았으면 어떻게 됐을 것 같아?"

펜대는 천천히 예각을 이루더니 목덜미에서 떨어져나갔다.

"그다음 장면이 궁금하면 더 지껄여봐."

목덜미에 흐르는 게 피인지 잉크가 샌 것인지 마노는 알 수 없었지만 여기서 곧바로 손을 올려 만져보고 확인하는 게 꼴사나워 보일 기리는 사실만은 확실했다. 정신이 맑은 걸로 봐서는 피부만 조금 뚫은 모양이었다.

"사람이 좋은 말로 할 때 상대가 누군지 봐가면서 아가리 놀려라. 그 잘난 아가리 영원히 출장 보내기 전에. 응?"

작은 체구에 민첩하고 정확한 행동, 상대의 빈틈을 파고드는 기민함까지, 마노는 일락이 그저 주위 한 패거리의 물리력과 조부의 배경을 등에 업은 신경과민의 약골이라고 생각했으나 지금 봐서는 싸움을 한두 번 해본 박자와 리듬이 아니라는 걸 알 수 있었다.

"비싼 펜촉에 천한 땅강아지 새끼의 피를 묻혀도 되겠어?"

최대한 담담한 척했지만 마노의 목소리에 담긴 작은 떨림을 눈치채고 일락은 피식 웃었다.

"그땐 버리면 그만이야. 나한테 이런 게 한 개밖에 없을 리가 없잖아?"

일락은 재킷 안주머니에서 뚜껑을 꺼내 펜촉을 덮고는 고개를 까딱해 보였다.

"이제 꺼져."

마노는 일락 뒤에 바탕화면처럼 둘러선 졸들을 노려보고는 두려움보다 분노를 앞세우려고 애쓰며 돌아섰는데 문을 열었을 때 일락이 다시 불러 세웠다.

"너, 주제에 연애질 비슷한 것도 하나 보더라."

마노는 순간 심장에 피가 확 몰렸다가 흩어져 휘청거릴 뻔했다. 지금 이런 얼굴을 하고 저들을 돌아봐선 안 돼. 동아리나 기숙사에서 자주 보는 이들을 착각했을 수도 있는데 대체 누구를 말하는 건지, 머릿속에서 몇 가지 가능성이 뒤섞여 즉각 반응이 나오지 않았으나 일락은 친절하게 범위를 좁혀주기까지 했다.

"나랑 같은 학년이던데. 이름이 유……"

"아무도 아니야!"

마노는 복도를 향해 선 채로 부르짖으며 일락의 말을 잘랐다. 루비에 이어 관계자도 아닌 다나까지 끌어들일 수 없었다. 다나와의 짧은 단 한 번의 만남을—첫번째는 만남이라고 볼 수도 없었다—일락이 어떻게 알았는지를 따질 때가 아니었다.

사실 방주시는 시라고 부르기에는 면적이 작았고 인구 이동 없이

고립되어 있었으니 어떻게든 알 만한 통로는 널려 있었다. 어쩌면 그다지 신용하지 않는 프락치에게 감시를 붙여놓았을지도 모르는 일이다. 첨부 파일로 된 메일을 열었을 때 정말 전화기 어딘가에 위치 추적을 비롯한 탐지 기능이 있는 바이러스가 심어졌을 수도 있다. 마노는 있는 힘을 다해 목소리를 쥐어짰다.

"정말로! 정말로 아무것도 아니니까! 건드리지 말라고! 에이 씨발, 나는 누구랑 밥도 못 먹냐!"

"왜 지레 겁먹고 그러지? 연애질까지 간섭 안 해. 잘해보라고. 다만 보이는 게 있고 들리는 게 있으니까 하는 소리일 뿐이야. 응?"

"그러니까! 보지도 말고 듣지도 말고 신경 꺼!"

"연애에 정신 팔려서 네놈 임무를 잊지만 않는다면야 당연하지."

마노는 등 뒤의 문을 쾅 소리 나게 닫았다.

일락이 굳이 다나 애기를 하는 이유는, 그녀를 어떻게 할 목적보다 '너는 어디 가든 내 눈에 훤하니 허튼수작 부리지 말라'는 경고일 터였다. 아무리 그래도 원조 방주시 멤버까지 루비 때처럼 감금하지는 않을 것이다. 또한 일락은 적어도 '첫사랑 그녀'에 대한 마노의 개인적 사연까지는 모르는 듯했다. 그 사안은 마노에게 주어진 박쥐 임무와는 조금도 관계없지만, 저들에게 자신의 사생활은 하나라도 덜 알려지는 게 낫다. 사람의 약점의 가짓수는 사생활의 가짓수와 일치한다.

마노는 목을 훑어 내린다. 잉크와 살짝 흐른 피가 섞여 검붉은 색이다. 아 씨발, 자국 남겠다.

일락은 뚜껑을 덮은 몽블랑을 책상 옆 쓰레기통에 던져 넣었다. 남아 있던 2학년 가운데 하나가 투덜거렸다.
"저 새끼 말도 일리가 있는걸. 번거롭게 삽질하느니 당사자들 불러다 족치는 게 훨씬 빠르지 않아?"
"빠르기만 해서야 소용이 없어."
일락은 책상에 그대로 남아 있는 블루베리 티를 내려다보다가, 문득 그 옆 사기그릇에 단정하게 담겨 있던 흰 각설탕을 하나 집어 잔 속에 떨어뜨렸다.
"차를 마시고 싶으면."
퐁 하고 수면을 간질이는 소리와 함께 작고 부드러운 고리를 주위에 네댓 개 그리며 잠긴 각설탕은 조금씩 부서지며 녹아들기 시작했다.
"설탕이 녹기를 기다려야 해. 확실하게, 다시는 일어설 수 없을 만큼 밟아버리려면. 믿음을 줬던 사람이 내부에서 배신을 때렸다는 걸, 최악의 순간에 최악의 방법으로 알아야 해. 살아 있는 동안 두 번 다시 누구하고도 연대하거나 뭉쳐 다닐 꿈 따위 꾸지 못하도록."

점호 시간이 가까워온다.
마노는 두인의 휴대전화 화면을 멍하니 내려다보며 침대에 엎드려 있다. 점심시간에 두인의 매형이 보내온 결과 보고서가 화면에 떠 있다. 메일 첫 장에는 법의학적으로 허가받지 않은 실험을 하는

데 있어서 자신이 얼마나 우여곡절을 겪었는지 알아달라는 장문의 호소가 적혀 있었다. 그 메일은 따라서 보고서 중 시료 채취일·사건 발생일·사건 의뢰인 등의 형식을 생략한— 즉 법적으론 어떤 효력도 없는 결과물임을 강조하고, 어디에도 써먹지 말아달라는 당부로 마무리하고 있었다.

 각 샘플에 대해 염기 서열 판독표와 단백질 성분을 분석한 자료가 첨부되어 있으나 복잡한 사진과 도표를 제한 마지막 장의 결론만 보면 간단하다.

 '샘플 A와 B, 98퍼센트의 확률로 일치함. 동일인으로 판정.'

 두근거림보다는 안도감이 앞섰다. 평화로운 기쁨과 인간다운 행복을 마지막으로 누린 게 언제였는지 기억나지 않아서인가, 마땅히 그리되기를, 다가가 곧 그녀이기를 기대해온 것이고 실제로 그렇게 되었기 때문이다. 감은 눈 속에 그때와 꼭 같은 시나이 광장의 모습이 떠올랐다.

 지금의 시나이 광장은 작년에 대대적인 리모델링을 하여, 대규모 인원이 모여 시위를 하기 힘든 구조로 조경이 바뀌었다. 마노가 옛날에 본 광장과는 차이가 났다. 그녀 또한 예전과 꼭 같은 모습만은 아니다. 특징과 분위기는 선명하게 남아 있지만 안경도 꼈고 머리는 그때보다 곱슬거리는 듯하다. 또한 그때는 특별한 상황에서 만났다는 이유도 있지만 다짜고짜 주먹질하는 모습부터 보게 됐는데 지금은 성격이 좀 누어졌는지 평화로운 일상을 바탕으로 만나 그런지 그리 과격해 보이지 않는다. 그러나 자존심과 당당한 모습을 보면 또 그대로인 것도 같다. 그럼에도 겉모습은 중요하지 않다. 사람을 알아보는 지표는 그가 무의식적으로 또는 습관적으로 발설하는 말이다.

그녀를 학교 안에서 찾을 수 있으리라 얼마쯤 기대하고 있기도 했다. 마노 자신보다 크게 나이 많아 보이지 않은 소녀가 갈 수 있는 방주시 내의 유일한 학교. 그녀가 홈스쿨링을 하거나 유학을 떠나지 않았으면 여기 있을 수밖에 없었다. 한 가지 아쉬운 점이라면 다나는 손수건을 기억하지 못할 만큼 광장에서의 일을 대수롭지 않게 여겼다는 사실이다. 확실한 물적 증거뿐만 아니라 '틈'에 대한 같은 맥락의 말을 들었음에도, 정작 그녀가 자신을 기억하지 못한다면 소용이 없었다. 대상을 확인한 이상 그녀에게 가치 없는 추억을 들이댈 게 아니라 전법을 바꿔 접근할 수밖에.

그러나 오늘 일락의 태도로 봐서 당장은 그럴 수 없겠다고 생각했다. 친한 척도 금물이고 근시일 내에는 마주쳐서 인사할 기회도 되도록 갖지 않는 게 좋겠다. 일락이 어디서 무엇을 보고 있을지 모른다.

"인마, 네 걸로 보라니까. 첨부 파일째로 포워딩해준다고 했잖냐."

"안 된다고 했지."

마노는 두인의 전화기가 자기 것보다는 안전하리라는 생각이 들었다. 도청 바이러스나 자동 복사 전송 어플리케이션이 심어져 있을지 모를 자기 것보다는.

"돌려줄게. 내가 말할 때까지 이거 지우지 마. 나 조만간 전화 새로 살 테니까 그때 받을게."

마노가 던진 전화를 한 손으로 받고서 두인은 망설이다가 입을 뗐다.

"어려운 일 아니지만…… 난 다 좋은데 하나 좀 맘에 걸리는 게 있다."

마노는 신경이 곤두섰다. 어쩐지 너무 순조롭다 싶었다.

"뭔데. 말해."

"매형한테 부탁하고서 나는 나대로 현미경으로 형태 비교만 했거든. 그런데 그게……"

"모양이 다르다?"

"같지. 완전히 같은데 문제는……"

두인은 말하다 말고 손사래를 쳤다.

"깊이 생각하고 나서 말하되 말투가 거칠지 않아야 한다."

"뜬금없이 무슨 소리야."

"법구경(法句經) 교학품(敎學品)에 나오는 말이다. 됐다, 뭐가 더 필요하냐, 이만큼 확실한 증거가 있는데."

"괜찮아! 뭐든 상관없으니까 얘기해. 말 꺼내놓고선 괜히 사람 궁금하게 하지 말고."

"아, 별로 중요한 거 아니라니까 그러네! 둘이 똑같으면 그걸로 됐잖냐."

그때 취침 점호 벨이 울려 이야기는 그걸로 끝났다. 마노는 있는 대로 욕을 하며 침대 앞에 섰다.

점호가 끝난 뒤에도 마노가 다시 답을 재촉하지 못한 것은, 두인이 먼저 못을 박아버렸기 때문이다.

"너는 그 누나가 광장의 그녀이기 때문에 좋은 거냐, 아니면 그 누나 자체가 좋냐? 나 같으면 그 누나가 일단 맘에 들었다면 설령 이 보고서가 기대에 어긋났더라도 상관없었을 거다."

그럼에도 두인은 다음 날 아침 식당으로 가면서 '그 별로 중요하지 않은 사실'에 대해 결국 말해주었다. 마노는 듣고 보니 자기가 애태웠던 시간이 아까울 만큼 별일 아니라는 생각이 들어, 그저 말해줘서 고맙다는 인사와 미소를 끝으로 그 일에 대한 화제는 다시 꺼내지 않기로 했다. 두인도 고개를 끄덕였다.

"잘 생각했다. 그냥 나온 대로 믿으라고. '믿음은 다른 것에 물들지 않고 오로지 사람을 현명하게 할 뿐이니. 좋은 것이면 곧 배우고 좋지 않으면 멀리하라.' 법구경 독신품(篤信品)에 나오는 말이다."

시온과 안지는 휴게실에서 탁자 두 개 정도를 사이에 두고 따로 떨어져 앉아 있다. 얼핏 각자 파우치북과 휴대전화를 갖고 혼자 노는 모습으로 보이지만 실은 묵하 대화 중이다. 안지는 전년도 방주고 예산 집행 내역서와 기타 보고서를 시온에게 전송한다. 첨부 파일에는 '지상의 아이들' 전형으로 방주고에 입학한 학생들 가운데 졸업생 총 인원과 그들의 활동 사항, 현재 거주지를 비롯한 근황을 갱신한 자료가 포함되어 있다. 그런 다음 안지는 하상이 보내온 자료 가운데 게시판에 올리기 적당한 길이에 요지가 분명히 파악되는 글을 찾는다. 방주시 상인연합회에서 조사한 설문으로, 최근 3년 사이에 겪은 불공정과 억압의 사례집인데 하상 자신은 자기 전공 선행에 도움이 될 것 같아서 조사했을 뿐이라고 짐짓 뒤로 빼지만 감정에 즉각 호소할 만한 자료는 거기 다 들어 있다. 시온은 방주고 건물을 구역별로 분할하여 정확한 비율에 따라 도면을 작성하고 있다. 모든 일이 손가락과 태블릿 마우스만으로 이루어지는 침묵의 대화다.

'눈 빠지겠다. 쉬어가면서 해.'

안지는 시온이 보낸 메시지를 보고 피식 웃음을 터뜨린다.

'너야말로 어제 세 시간이나 잤냐.'

'어, 다행히 우리 1학기 활동 보고서는 루비가 써주기로 해서 시간 여유가 좀 생겼어.'

'솔직히 걔 좀 툭툭거려서 그렇게 안 봤는데 열심히 하네. 겉으로 드러나고 서류로 남는 일인 만큼 그거라도 하겠다는 거지.'

'혼란스러워하지 않고 태연하게 가짜 활동 보고서를 작성해주는 것만으로도 도움이 돼. 모두가 섶을 지고 불에 뛰어들어야 하는 건 아냐. 고양이 목에 방울을 달기 위해 특별히 마음먹어야 하는 쥐의 용기가 평가받게 마련이지만, 그 방울을 공수해오는 쥐의 노력까지 폄하할 순 없지.'

안지는 잠시 사이를 두었다가 이렇게 입력 전송했다.

'……어머니가 많이 충격받지 않으시면 좋겠어.'

'……어……괜찮을…… 것 같아. 어머니는 내가 무슨 일을 하든 나를 믿는다고 그랬어. 처음부터 어머니는 나한테 방주 사람이 되어 거기 살라고 강요하지 않았어. 생각하는 방향은 좀 다르지만, 어머니는 방주 애들 학업 성취 수준에 도저히 못 따라가겠거든 혼자 앓지 말고 언제든 돌아와도 된다고 했어.'

'하지만 너는 못 따라가는 게 아니잖아. 나중에 많이 아까워하실 거야.'

'못 따라가는 거 맞지. 머리가 아니라 이, 마음이. 나만이 아닌 다른 사람들도 사람같이 살았으면 좋겠다는 소망을 도저히 접지 못하는 마음이.'

'그 소망을 이런 형태로밖에 말할 수 없는 현실이 유감이야.'

'유감인데도 함께해줘서 다시 한 번 고맙다.'

'왜 이러지, 새삼스럽게. 나는 앞으로 도래할 수많은 유감이 이걸로 조금 줄기를 바랄 뿐인데.'

외부에 빛이 새어 나가지 않도록 최소한의 탁상 조명만 밝힌 과학연구실 구석에서 달리는 특수 진공 상자에 양 팔을 넣고 앉아 있다. 연노랑색 니트로화합물 용액을 스포이트로 정확한 용량만큼 빨아 당겨서 동그란 패치 하나하나에 조심스럽게 얹는다. 이 용액은 기존의 니트로화합물에 정식 화공약품 공장이 아닌 암시장에서 거래되는 알칼리금속성 분말인 립밤을 희석하여 만든 것이다. 립밤은 입술 연고 lip balm가 아니라 입술로 한 번 불기만 해도 폭발(lip bomb)하는 예민하고 불안정한 제품이다. 액체 상태에서 갑작스럽게 과량의 산소와 결합하면 두 팔이 날아갈 위험이 있어서 진공 상자 안에서도 조심스럽게 작업하며, 아주 적은 분량으로 펴 바른 뒤 서서히 공기에 노출시키면 겔 형태로 굳어간다. 한번 겔 타입으로 굳어진 폭약은 직접 점화 없이는 터지지 않고 열과 산소에도 강하며 안전하다. 따라서 도폭선과 조립된 타이머가 점화 역할을 할 것이다.

달리는 립밤을 조금씩 나눠서 수하물에 섞여 들어오게 하면서도 의심을 피하기 위해 꼭 필요한 최소한의 분량만 들여왔다. 그런데 방학을 마치고 기숙사에 짐을 푼 시온의 가방 속에서 자신이 꾸준히 들여온 것과 거의 같은 양의 분말을 보게 되었다. 시온은 240개가 아니라 480개를 만들어야 한다고 했다.

'내 실력을 못 믿는 거야? 제대로 안 터질 것 같아서?'

시온은 그런 게 아니라며 고개를 저었지만 달리의 기분은 이미 상하고 말았다.

그러나 적어도 건너편 실험대에 앉아 있는 녀석보다는 상황이 나았다. 두인은 침침한 불빛 속에서 현미경으로 확대해가며 초소형 금속 타이머를 480개나 조립하고 있었다. 조립한 타이머의 뇌관을 터뜨리기 위해서는 480개를 일일이 동일한 시각으로 맞추어야 했는데, 이렇게 부품을 2배수로 늘려서 어쩔 생각이지?

위험하다. 재료 자체도 위험하지만 예정된 계획과 달라지는 조건들도 위험하고, 시온이 그 변동의 이유를 명확히 밝히지 않는 것도 불안하다. 무엇보다 지금 이 상황과 장소 자체가 위험하다. 당직 교사나 경비원이 과학연구실 안에 갑자기 들이닥쳐 이용 허가 내역을 보자고 한다면, 물론 관리자 프로그램을 해킹하여 임의로 활동 사항을 등록한 내용이 있긴 하나 가능하면 마지막까지 꺼내고 싶지 않은 카드다.

그런 위험 속에서 갑자기 문자 메시지 착신 진동이 울려 달리는 움찔했다. 하마터면 용액을 다른 데다 떨어뜨릴 뻔했다. 진공 상자에서 손을 꺼내고 귀찮게 누구야, 중얼거리며 휴대전화를 열었는데 메시지 미리보기 칸에 이렇게 한 줄 떠올라 있었다.

너도 괜찮니?

낮에 자신이 엄마에게 보냈던 메시지에 대한 답이 확인이 늦었는지 이제야 돌아온 거였다. 엄마는 오늘 정기검진 날이었고, 달리는 살가운 미사여구 없이 건조하게 엄마 괜찮아요? 라고 한마디 보냈을 뿐이었다. 거기에는 검사 결과가 어떤지, 지내면서 불편하거나 숨이 차지는 않는지 등 여러 뜻이 담겨 있었다.

다른 여러 말이 필요 없이 엄마도 달리에게 그렇게 보냈다. 너도 괜찮니?

달리는 휴대전화를 꼭 쥐고 입술을 깨물었다. 응, 괜찮아, 괜찮아. 정말 괜찮아.

하지만 나는 엄마가 지금보다 조금만 더 괜찮아졌으면 좋겠어.

'미디어의 의무와 표현의 한계'를 주제로 영어 프리토킹 시간이 끝났을 때였다. 교실이 텅 빌 때까지 자리에 남아 있던 루비의 손에는 작은 쪽지가 쥐어 있었다.

프리토킹은 학년 구별 없이 희망자가 수강하는 과목 가운데 하나로, 신청자가 많아 몇 개 교실로 나뉘어 동시에 운영되고 있었다. 컴퓨터 추첨을 통해 같은 반 친구들은 물론이고 마노와도 떨어져 혼자 수강하고 있던 루비는 그나마 아는 얼굴인 하상의 옆자리에 앉았더랬다.

하상은 루비의 눈인사에도 답하지 않고 토론에만 집중하다가, 끝나기 직전에 쪽지를 한 장 밀어놓았다. 이따가 오후 4시에 동아리 방으로 오라는 시온의 메시지였다. 두인이 만든 소형 타이머를 화약 패치에 개별 장착하는 데 모이라는 거였다.

추신. 확인한 즉시 쪽지를 찢어서 버릴 것.

그동안 동아리 활동은 외부에서 바라보기에 정상적으로 이루어졌고, 기말 평가 자료에 반영하기 위한 월말 보고서도 제출한 상태였다. 내실 있고 평범한 소규모 동아리로 보였다. 그러면서 뒤로는 방주시 예산 규모와 인적 자원 관리 사항을 비롯하여 인사 과정에서의 인권 침해 등 대외비에 속하는 자료를 모으고 있었으며, 그중 일부는 대형 포털 게시판에 간헐적으로 뿌렸다가 거두기를 반복했다. 생성 당일로 꼬리가 잡힐 인터넷 카페는 만들 수 없었고 접속 계정조차 해외 서버를 도둑놈처럼 빌려서 쓰는 형편이었다.

루비는 자리에서 일어나 먼저 나간 하상을 뒤쫓았다.

"잠깐 얘기 좀 해요."

하상은 돌아보지 않고 갈 길을 재촉했다.

"사람 말 안 들려요?"

여전히 앞을 바라본 채 하상은 빠르게 중얼거렸다.

"여기서 이러지 말지."

"왜요, 애들도 다 빠져나갔는데. 도대체 이런 원시적인 전달 방식에 대해 어떻게 생각해요?"

"정말 중요한 일에서는 아날로그가 디지털보다 합리적이거나 안전할 때가 있지. 그건 둘째 치고 시온이가 너한테 전화했더니 네 동생이 받았다던데. 마노가 오늘 오후까지 널 다시 만날 일이 없다고 하기에, 마침 내가 같은 수업 듣는 처지라 모른 척하기가 좀 그래서."

그러고 보니 루비는 마노가 지난주에 뜬금없이 자기 것과 휴대전화를 바꾸자고 그래서 줬던 기억이 났다. 조만간 약정 기간이 만료되어 새로 살 테니까 그때까지만 부탁한다고 말이다. 루비는 아무리 쌍둥이라도 마노가 쓰던 걸 쓰는 게 내키지 않아 받아만 놓고는 기숙사 서랍에 내버려둔 채였다.

마노는 이유는 말하지 않았다. 다만 루비는 녀석이 간간이 자기 휴대전화로 '광장의 그녀'와 문자를 주고받으며 미소를 머금는 모습을 볼 수 있었다. 녀석은 처음 로데오 거리를 다녀온 뒤로도 평일 방과 후에 도서관, 극장, 쇼핑몰 등에서 그녀와 세 번쯤 더 만난 모양인데, 그 만남은 만남이라기보다는 우연한 마주침에 가까울 정도로 짧았고 그러면서도 마노는 당사자에게 광장의 기억을 털어놓지 않았다고 한다. 시간을 충분히 들이며 그녀가 마주 호감을 갖기까지 기다린다는 거였는데, 마노다운 신중한 생각이라고 인정하면서도 루비는 그런 형제의 모습이 때론 짜증스러웠다.

그냥 그녀의 손목을 붙잡고 광장에 데리고 가면 그만이고, 거기서 한두 마디 운을 떼우면 상대방도 바보가 아닌 이상 마노의 의중을 눈치챌 터였다. 그때 지나가는 관광객일 뿐이었던 소년 따위 정말로 안중에도 없어서, 아예 기억 밖으로 몰아내지 않은 다음에야.

그럼에도 그 일로 루비가 안심한 점이 딱 하나 있었고, 그 때문에 자기도 모르게 휴대전화를 순순히 넘겨준 것이기도 한데, 그건 바로 마노의 속뜻을 좀더 분명히 들었다는 거였다.

"처음엔 별 생각 없었지만 이제 목적이 생겼어. 난 광장의 그녀를 위해서라도 이 계획, 막아볼 거야. 그녀가 사는 곳이고 그녀가 다니는 학교야. 무너뜨리지 못하게 할 거야. 당분간은 계속 두고 봐가면서 시온 형을 설득하든지 뒤통수를 치든지 할 테니까, 너도 너무 싫은 티 내지 말고 그냥 보고 있어줄래?"

물론 그 무모한 일에 가담을 하든 말리든, 루비는 둘 중 어느 쪽도 마음에 들지 않았다.

루비는 언뜻 혈관에 과다하게 흐르는 에너지를 태워버릴 듯이 일상생활을 활발하게 하는 것처럼 보였지만 투사형 인간은 못 된다는 사실을 스스로 잘 알고 있었다. 자신이 꼭 나서지 않더라도 누군가 프로네시스를 알아서 막아주거나 천재지변에 준하는 다른 일로 그들의 계획이 실패하기만을 바랐다.

그들의 노력이 수포로 돌아가준다면야 고맙지만 거기에 어째서 마노가 나서야 하나? 이 일을 아예 모르고 있었더라면 학교생활이 편했을 터다. 루비는 어떤 위험이나 불의가 예고되더라도 개개인이 자신의 생활에 충실하다 보면 결정적인 순간에 데우스 엑스 마키나[24] 같은 게 튀어나와 사태를 평정해주리라고 믿었으며, 세상의 대부분은 그런 막연한 믿음을 가진 평범한 사람들로 이루어져 있고 사과나무를 심겠다는 유명한 격언도 같은 맥락에 놓여 있다고 보았다.

게다가 마노의 말은 진심이 느껴진다기보다는 어딘지 준비된 국어책을 읽는 것 같았으나 루비는 거기까지는 따지지 않았다.

"아무리 그래도 오빠는 이름만 걸어놓고 이 일에 손대지 않는 줄 알았는데요."

하상은 귀찮다는 듯이 돌아섰으나, 뒤에서 루비가 따라올 수 있을 만큼은 천천히 걸었다.

"너희들하고 한 배 탔다고 생각 안 해. 같은 수업 때문에 만날 일만 없었으면 나도 신경 껐어. 하지만 네가 착각하는 게 있는데, 시온이 생각에 찬성하는 건 아니지만 녀석은 몇 안 되는 내 친구고 그렇게 위험한 부탁이 아니면 난 들어줄 거야. 난 분명히 전했다. 가고 말고는 네가 결정해서 통보하지그래. 너희 같은 돼지 새끼들하고는 손잡기 싫다고 아주 얼굴에 씌어 있는데."

"그렇게 심하게는 생각하지 않았어요. 내 생각을 어떻게 안다고 그래요."

"브라더 콤플렉스에 사로잡힌 누나가 동생 따라 들어온 거잖아? 척 보면 알겠네."

---

24) deus ex machina: 초자연적인 힘으로 난국을 타개하고 결말을 이끌어내는 고대의 극 전개 방식으로 '신의 기계적 출현'을 뜻한다.

"아냐!"

루비는 다른 교실에 들리거나 말거나 소리 질렀다. 당신이 뭘 알아. 내가 이유도 모르고 두 시간 남짓 시달린 불안과 공포에 대해서.

그 후로 같은 반 친구들에게나, 심지어는 선생님에게도 그 일에 대해 털어놓은 적이 있다. 그들의 반응은 그런가 보다 하고 넘어가거나 외면하거나 둘 중 하나로, 최대한 자상한 반응이라고 해봤자 '다친 데는 없다니 다행'이라고 덧붙이는 정도였다. 고작 이런 정도의 충격으로 심리상담연구실 같은 수상한 곳에는 가고 싶지 않았다. 누구를 믿어야 할지 알 수 없는 공간에서 잡을 만한 옷자락이라곤 마노 것밖에 없었어.

그때 루비는 허공에 포물선을 그리며 날아오는 캔을 자기도 모르게 두 손으로 받았다. 어느새 둘은 1층 홀 자판기 앞에 다다라 있었다.

하상은 캔 커피 꼭지를 따며 자판기 옆 벤치에 앉았다.

"부담되니? 네 동생하고 생각이 다르면 너는 네가 하고 싶은 대로 해. 시온이는 그런 거 가지고 뭐라고 할 놈이 아냐. 밀크 티 싫어하면 도로 내놔."

루비는 대답 대신 밀크 티의 꼭지를 땄다.

"그럼 오빠는 상관 안 한다면서 이름은 왜 올려두고 있는 거예요? 스펙에 도움 되는 다른 동아리가 많은데."

"내 맘이야. 안지가 말 안 했나? 친구란 이름으로 정족수 채워주는 거라고. 대신 나는 네가 말하는 스펙을 채워주는 동아리에도 들

설탕이 녹기를 기다려 165

어 있어."

"그거 참 눈물겨운 우정이네요."

"브라더 콤플렉스만큼 눈물겹지는 않아."

"아니라고 했잖아!"

루비는 마시던 밀크 티가 목에 걸려 콜록거렸다.

그까짓 거 얼마든지 가줄 테다. 타이머를 화약 패치에 장착하고 거기에 다시 얇은 스티커 덮개를 씌워 교사 곳곳에 부착할 수 있도록 만들 것이다. 그러고 나면, 그러다 보면 마노가 어떻게든 하겠지. 광장의 그녀가 다니는 학교를 지켜내겠다고 자신했으니.

루비는 언젠가 엄마의 바람대로 자신과 마노가 이곳의 사과나무가 되리라고 믿었다. 사과나무가 뿌리를 내리려면 그 땅을 폭파해서야 얘기가 되지 않는다.

긴장이라는 이름의 다리

최초의 펑 소리에 이어 곳곳에서 치솟는 불길은 지휘자의 신호를 받은 오케스트라 같다. 불꽃이 제 흔적을 찍는 자리마다 리듬감 넘치는 균열이 생기고, 갈라진 틈 사이로 잘게 부서진 광물 가루들이 연이은 붕괴를 재촉하듯이 먼지를 피워 올린다. 이어서 스파크와의 반응, 개체분열하듯 솟아나는 새로운 불꽃, 연쇄적으로 고체 분진 폭발이 일어난다. 플래시오버 현상으로 가연성 가스가 계속 생겨나 화염은 더욱 커지며 부력으로 화염과 고온가스가 건물 위로 솟아올라 열 기둥을 이루는 한편 콘크리트 표면 곳곳에 벗겨진 흔적[剝離痕]이 남는다.

전체 조감도를 닫고 장소를 건물 안쪽으로 이동한다. 그중 문이 열려 있던 한 교실을 보니 검붉은 연기 사이로 녹아내린 금속이 책상 끄트머리마다 걸쭉하게 매달려 대롱거리고 그 옆으로 그을음이 각혈처럼 쏟아지고 있다.

다음으로 각종 기자재가 많은 과학실 앞으로 이동한다. 교사에서 떨어진 아디엘 관에 있는 과학연구실과는 달리, 이곳은 단순 정규 교과 활동을 위한 과학실이라 규모가 작고 과학연구실에 비하면 이동식 간이 화장실이나 다름없는데 그마저도 일반 학교의 과학실을 생각해보면 월등한 수준으로 갖추어진 곳이다.

또한 화학약품과 도구가 다량 구비되어 폭발 시 위험 수준이 높다. 다른 데는 몰라도 이곳은 피해 상태와 규모를 꼭 확인할 필요가 있다고 생각하여 마노는 문을 잡아당기려 한다.

금속 손잡이는 살이 익을 듯이 뜨겁게 데워져 있어서 마노는 주머니에 있던 손수건으로 손을 감싼 뒤 다시 한 번 문을 잡아당긴다. 순간 강력한 백드래프트 현상과 함께 마노는 뒤로 날아 떨어진다.

"우앗!"

의자에 앉은 채로 바닥에 내동댕이쳐져 어깨와 등허리가 욱신거린다. 마노는 윗몸을 일으킨다. 1미터 앞 컴퓨터 모니터에서는 아직도 불꽃이 일렁이고 있으며, 시뮬레이션 글라스와 헤드폰과 핸드패드가 책상 아래로 늘어져 흔들린다.

이 시뮬레이션 파일은 학교 구조뿐만 아니라 외벽과 내벽의 두께, 거기에 쓰인 재료들과 그 공간을 채운 부속들을 일일이 데이터로 변환한 것을 기본 재료로 하며, 거기에 폭탄의 성분과 크기와 개수 등을 조건 데이터로 입력한 결과물이다.

오늘 모임에서는 회원 모두가, 지난번 타이머 결합까지 완성한 화약 패치를 교내에 붙이기 전에 그것이 어떤 결과를 가져올 것인지 가상현실을 체험해보기로 했더랬다. 지금부터 하려는 일이 결코 만만하지도 않고 장난은 더욱 아니기에 호기심 차원의 접근을 경계하기 위한 일종의 마음 준비 목적일 터였다. 마침 오늘 특강이 없어 한가했기에 마노는 먼저 온 김에 컴퓨터를 켜고 슈퍼헤르메스를 실행시킨 거였다.

가상현실 프로그램은 몇 종류 돌려본 적 있지만 슈퍼헤르메스는 영화업계 종사자들이 쓰는 전문적인 것으로, 스케일부터가 달랐다. 마노는 그 지독한 실감에 어느 순간부터는 현실과 가상을 구분하지 못하고 실제로 주머니에서 손수건을 꺼내기까지 했다. 마노는 넘어진 채 자기 손에 꼭 쥐여 있는 그녀의 손수건을 들어 올려다보며 한숨을 쉰다. 이것마저 타버린 줄로 착각했을 만큼의 실감이었다.

"이제 그만 좀 일어날래?"

등 뒤에서 차가운 목소리가 들려온다. 지금까지 동아리방에 혼자 있는 줄 알았던 마노는 깜짝 놀라 뒤를 돌아본다. 언제 들어왔는지 달리가 뒤에 서 있다. 달리 교복 치마 밑으로 무릎부터 정강이까지 긁힌 상처에서 피가 흘러나온다.

"너 거기 왜 그러냐?"

"덕분에."

마노가 나가떨어질 때 회전의자의 등판 뒤 나사에 긁힌 상처였다.

"어, 어떡하지. 미안. 보건실에 빨리."

말하면서 마노는 저도 모르게 쥐고 있던 손수건을 상처에 대고 누른다. 바통 터치가 눈치껏 좀 되면 좋은데 달리는 그대로 서 있을 뿐이고, 그러고 나니 마노는 여전히 피가 멎지 않은 자리에서 손을 떼어버리기도 난감한데, 다친 데는 자기가 계속 붙들고 있기엔 어딘지 부적절해 보이는 자리다. 마노는 망설이다 손수건을 달리의 다리에 묶어버린다.

"완전히 패어버렸네. 보건실 안 갈래?"

"필요 없어. 내가 지금까지 까지거나 데거나 찔리거나 긁히지 않고 그걸 만들었을 줄 알아?"

달리의 말투가 때와 상대를 불문하고 공격적이라는 사실에 이미 익숙해 있기에 마노는 새삼스레 놀라지 않았다.

"그러든지. 파상풍 걸려서 다리 잘라도 난 모른다."

달리는 소파에 앉아 자신의 다리에 묶인 손수건을 내려다보고 있다. 잠깐이 아니라 오래도록 시선이 거기 머물러 있는 걸 보고 마노는 피식 웃는다. 보나마나 누가 봐도 여자 것인 그 디자인 때문일 터다.

짐작이 맞는 듯, 달리는 지혈이 다 되지 않았는데도 손수건을 풀더니 허공에 흔들어 펼쳐본다.

"무늬에 레이스 한번 끝내주네. 너 이거 교실에선 꺼내지 마라. 왕따 당하기 딱이다. 근데 네 누나 거냐?"

루비로 말할 것 같으면 처음 이 손수건을 봤을 때부터 말한 바 있다— '전위적인 건 둘째치고 색이랑 디자인이 이렇게까지 따로 놀 수 있다니!'—그러나 소중한 추억에 대해 길게 말하고 싶지 않아

마노는 얼버무린다.

"뭐…… 그렇다고 해두자."

"아니면…… 문제의 그녀의 것?"

마노는 멈칫했다.

"네가 그걸 어떻게 알아?"

"오리엔테이션 때부터 광장의 그녀를 찾는다고 광고하고 다닌 건 너야. 이런 것까지 갖고 있을 줄은 모르고 그냥 한번 던져본 낚싯밥을 네가 덥석 물었을 뿐이지. 그런데…… 최근 오며 가며 마주칠 때마다 줄곧 눈인사하던 그 이 학년 언니는 어떡할 거야?"

줄곧은 무슨. 마노는 달리가 그저께 대강당에서의 일을 말한다는 걸 알았다. 전체 예배 시간이었다. 대강당으로 가는 복도에서 달리와 마주친 마노는 피하기도 무엇하고 그럴 이유도 없어서 그대로 함께 대강당까지 갔는데, 들어가는 네 개의 거대한 문 가운데 한쪽에서 그동안 문자만 하고 만나지는 못했던 다나와 정면으로 마주쳤다. 마노는 가벼운 미소와 함께 고개만 살짝 숙이고 지나쳤지만 그때 자신의 표정이 얼마나 상기되어 있었을지, 무심코 스스로의 목덜미에 얹은 손에 전해지는 체온으로 짐작할 수 있었다. 그 자리를 바로 떠날까, 예배 시작 전에 조금 더 다나 앞에 머물러 있을까, 한두 마디라도 더 나누고 싶은 작고 가볍지만 분명한 그 순간의 열망을, 눈치 빠른 달리가 봤나 보다.

"관찰력 좋네. 그 누나가 바로 광장의 그녀야. 누구한테 말하고 다니지 마. 그 누나는 그때 일을 기억하지 못해서 지금 정공법으로 가고 있으니까. 남 일에 신경 쓰지 말고 너 빨리 보건실이나 가봐."

"말 돌리기는."

달리는 웃음기 묻은 목소리로 내뱉으며 마노 얼굴에 손수건을 구겨 던졌다. 얼굴을 가린 손수건을 걷고 나자 마노는 달리가 얼굴에 그린 미소가 비웃음에 가깝다는 걸 알아챘다.

"뭐야 너."

"그동안 번거로운 잡일에 함께해줘서 고마운데 넌 이제 이 일에서 손 떼는 게 좋겠다. 공연히 한 두름으로 엮여서 피 보지 말고 동아리도 바꿔, 학기 끝나기 전에."

"무슨 소리야. 왜 갑자기 얘기가 그리로 튀는데."

마노는 경로야 어쨌든 자신이 일락의 앞잡이 짓을 하고 있는 걸 달리가 혹시 눈치챘는지도 모른다고 생각하며 대수롭지 않다는 듯이 받아넘겼다.

"그 언니는 방주 사람이지, 아마. 기숙사에서 본 적이 없으니."

"그런데?"

"이곳 사람하고 깊게 사귀기 시작하면 이곳을 부술 수 없어."

마노는 적어도 자기가 짐작했던 그런 이유는 아니라서 다행이라고 여겼다.

"난 또 뭐라고. 그런 건 개인 자유지 강요할 사항이 아닌데. 사람과 일은 별개야. 파쇼도 아니고 사람 만나겠다는데 종류별로 가려 가면서 사귀라고? 너도 친하게 지내는 선배나 친구 한둘쯤은 있을 거 아냐. 그게 모두 다 기숙사 사람들이라고는 말 못하겠지."

거기까지 말하다 마노는 아차 싶었다. 출신 성분을 막론하고 달리는 동아리 사람들하고도 잘 어울리는 편이 아니었으며 기숙사 아이들이 달리하고 친하게 지내지도 않았다. 입학 전부터 있었던 여러 가지 불명예스러운 소문 때문일 터다.

"네가 찾았던 사람이 눈앞에 나타났는데 정말로 그냥 '아는 누나'라고만 할 수 있어? 그렇다면 더 말 안 하지."

평소 남의 일에 관심 없던 달리가 이렇게까지 참견하는 조로 묻다니, 달리가 이렇게 많은 말을 하는 것부터가 드문 일이었다. 그만큼 이 일에 신중하게 공을 들이는 정도를 넘어 모든 걸 걸었다는 사실을 마노는 알 수 있었다. 하지만 안다고 하여 그 애가 말하는 인간관계의 기준까지 동의할 수는 없었다.

"……너랑 상관없어. 말할 의무를 못 느낀다."

"상관있어. 우린 중요하고 위험한 일을 할 거야. 코흘리개들 전쟁놀이 같아 보이니? 시온 오빠가 대놓고 말을 안 했을 뿐 머리가 붙어 있다면 말 그대로 테러라는 사실쯤 알지 않아? 어느 정도 행동이나 교제에 제한이 따르는 게 당연하다고까지는 말 못하지만 충분히 있을 수 있는 일이야. 그 정도도 생각 안 하면서 멋모르고 나대는 거라면 그만둬. 대체 네가 여기 사람하고 알고 지내서 앞으로 뭘 어떡하겠다는 거야? 어차피 없어질 학교야, 우리가 성공한다면. 아니 성공시킬 거고. 이곳 여자랑 사귀다니 대체, 너 하는 짓이나 생각을 보면, 우리 계획이 실패할 것을 전제하고 보험을 들어두려는 사람처럼 보여. 솔직히 말하자면 시온 오빠가 널 어떻게 생각하든 나는 너 못 믿어."

"말이 심한데."

"심해도 상관없어. 너하고 네 누나, 둘 다 마찬가지지만 그래도 루비는 뻔한 속물 이상도 이하도 아닌 게 다 들여다보이니까 그나마 나아. 난 처음부터 너 믿지 않……"

그때 달리의 얼굴에 얇은 감색 카디건이 날아와 금속 단추가 눈가를 스치고 떨어졌다. 늘 소파에서 쪽잠을 자곤 하는 하상이 아예 놔두고 다니는 카디건이었다. 달리가 발로 걷어차자 카디건 끝자락이 소파 다리에 감겼다.

"여자한테 손대는 놈이 세상에서 제일 저질이라고 생각하니까 이걸로 참는다. 나를 어떤 놈으로 보든지 상관없지만 루비에 대해선 입도 뻥긋하지 마. 도대체가……"

나동그라진 의자와 시뮬레이션 글라스를 정리하려고 돌아서며 마노는 자기도 모르게 덧붙였다.

"이곳 사람이 뭐가 어쨌다는 건지. 자기야말로 로열패밀리인 주제에."

그것은 순전히 '잘나가는 집안 사생아'라는 미확인 신상 정보에 기댄 화풀이였다.

내뱉어놓고는 실수했다 싶어 마노는 뒤를 돌아보지 않고 가만히 있었다. 왜 말이 없어. 적어도 '관계있는 남자 한 트럭'이라는 소문보다는 로열패밀리 쪽이 낫잖아?

그렇게 생각하는 마노의 뒤통수에 휴지 상자가 날아왔다.

"아, 진짜."

마노는 바닥을 구르는 휴지 상자를 발로 차며 소리쳤다.

"너는 함부로 헛소리 찍찍 갈겨도 되고 나는 안 돼? 뭐 이런 게 다 있어."

그러면서 돌아보는 순간 책장에 꽂혀 있던 책들이 차례로 날아왔다. 다섯 권, 열 권. 마노는 팔로 얼굴을 가리면서 피해 다니다가 마침내 이마를 양장본 모서리로 강타당하고 넘어졌다.

마노는 벽에 기대앉아 손으로 이마를 짚은 채 땅땅거리는 머릿속 진동수가 잦아들기를 기다렸다. 이제는 화도 나지 않았고 기가 막힐 뿐이었다. 펼쳐져 뒤집힌 채 바닥에 나동그라진 책을 다른 쪽 손끝으로 무심히 넘겨보았다. 세상에, 560쪽짜리 양장본이라니 거의 흉기 수준이었다.

"이제 됐냐?"

그렇게 말하며 고개를 들었을 때 마노는 뭔가 잘못 본 줄 알았다. 다른 사람들은 안중에도 없어서 제삼자한테 어떤 말을 들어도 신경 쓰지 않을 것 같던 달리가 그 자리에 선 채 막 떨어지려는 눈물을 참고 있었다.

"야, 저기."

마노가 엉거주춤 몸을 일으켜 어색한 화해의 몸짓으로 다가섰으나 달리는 마노 손을 뿌리치고 돌아서서 나갔다. 마침 문을 열고 들어오던 시온과 어깨를 부딪쳤지만 인사도 없이 그대로 복도를 뛰어 달아나듯이 사라졌다.

"쟤 왜 저래?"

어깨를 털고 들어선 시온은 책과 휴지 상자와 겉옷에다가 넘어진 의자까지 난장판이 된 동아리방과, 그 한가운데 마노의 낭패한 표정을 보았다.

"여기서 몸싸움이라도 벌였냐?"

시온은 조금 당황한 눈치였지만 곧 별일 아니라는 듯이 웃음을 되찾고 마노의 어깨를 두드렸다.

"또 뭘 가지고 시비 붙었는지는 모르겠지만 네가 참아. 저렇게 보여도 일단은 여자애잖아."

"이를테면 약간의 오해와 말실수의 합작이에요."

"그래도 별일이네. 쟤 저런 모습 보기 힘든데. 무슨 얘기가 오갔든 네가 말하기 편한 상대인가 보네. 아니면 차라리 무시해버리니까."

시온이 달리를 따라가 살펴보지 않는 것이 의외라고 생각하며 마노는 바닥에 널브러진 것들을 치우기 시작했다. 마노가 나뒹군 회전의자를 일으키고 옆에서는 시온이 떨어진 책들을 주웠다.

"저도 말을 심하게 했지만 원인은 쟤가 저를 믿을 수 없다고 몰아세웠기 때문이에요. 썩 그럴듯한 이유까지 붙여가면서요. 혹시 형도 그렇게 생각해요?"

시온이 책장에 책들을 꽂느라 돌아선 채로 대답하지 않자 마노는 긴장되었다. 지금 같은 상황에서는 묻기에 적당치 않은 말일 수도 있다. 그대로 돌아서 있으면 표정도 읽을 수 없다. 게다가 순전히 느낌만이겠지만 책을 꽂는 손이 조금 느려진 것처럼 보이기도 했다.

"전에 얘기한 그 누나, 아직 사귀는 것도 아니에요, 나 혼자 맘에 있을 뿐인데. 그런데 뭘 여기 사람 우리 사람 갈라가지고, 여기 사람하고 사귈 거면 너는 빠져라 하니."

시온은 책장 문을 닫고 돌아섰다. 마노가 걱정한 데 비해 평소와 다름없이 친절하고 사려 깊은 표정이었다.

"사람 관계를 두부처럼 자를 수는 없는데 달리가 좀 고지식했네. 사람 간 평등을 얘기하면서 다양성을 놓치는 것 또한 오류고. 달리에겐 내가 따로 말해놓을게. 하지만 달리가 그렇게 말하더라도 네가 아니면 되잖아? 너는 너 자신을 어떻게 생각하는데. 믿을 수 없는 놈이야?"

"어……"

이렇게 되물어버리니 마노는 할 말이 없었다. 여전히 기숙사장 역할 수행을 할 때와 마찬가지로 웃는 얼굴이지만 그 말은 날카롭고 직구에 가까운 한 방이다. 일락을 대했을 때와는 또 다른 의미로 만만하게 볼 상대가 아니다.

"진리의 범주를 벗어난 모든 문제들에서는 스스로 생각해서 내린 답보다 더 진실에 가까운 건 없겠지."

시온은 마노가 머뭇거리는 동안 나머지 난장판들을 천천히 정리하며 말을 이었다.

"프로네시스의 뜻이 뭔지 아니?"

"어, 그러니까 처음 소개 시간 때 들었는데. '사려'라는 뜻 아니었던가요."

"그래. 어떤 일을 할 때, 가장 괜찮은 답에 가까워지게 도와주는 행위야. 그리고 우리는 고민의 결과로 이 일을 하기로 했고."

가장 괜찮은 답이라면 마노는 이미 어렴풋하게나마 내리고 있었는데 그 답은 굳이 거리로 가늠하자면 다나한테 좀더 가까이 다가가 있었다.

"너무 신경 쓰지 않아도 돼. 지금 우리가 하려는 일이 눈앞의 여자 친구와 서로 대척점에 놓여 있다고 해도. 양쪽을 생각한다는 건 두 가지 모두를 인정하는 양비론하고는 달라. 둘 사이에 외나무다리처럼 놓인 긴장을 오고 가면서 자기의 답을 찾아가는 일 자체로 의미 있으니까."

"하지만 그건 왠지 박쥐의 두 마음 같지 않아요? 간에 붙었다 쓸개에 붙었다."

떠보는 말이었다. 마노는 자기가 그런 말을 할 처지가 아니라는 걸 잘 알았다. 자기 자신이 이미 처음부터 한 마리 박쥐로 날아든 데에야.

그러나 마노의 의중은 아랑곳하지 않고 시온은 밑도 끝도 없이 선이 무엇이냐고 묻는 가련한 초보 중생한테 설파하듯이 말했다.

"긴장을 즐길 줄 아는 마음은 그 어느 쪽에도 확고하게 들러붙지 않아. 그래서 자신의 답도 고정불변하지 않지."

마지막으로 하상의 카디건을 옷걸이에 단정하게 걸고 나서 시온은 돌아섰다.

"조금씩들 늦을 모양이지. 잠깐 음료수 좀 뽑아 올게. 머리라도 식히고 있어."

"아, 잠깐, 그런 건 제가……"

"응?"

"아니, 아니에요. 다녀오세요."

아마도 달리를 찾으러 가는 것이리라. 마노는 굳이 나서지 않았다.

문이 닫히고, 마노는 창틀에 걸터앉아 휴대전화를 꺼냈다. 새로 개통한 포도색 휴대전화의 부드러운 광택을 만지작거렸다. 번호도 바꾸었고 당분간은 괜찮을 것이다. 또다시 일락에게서 수상한 메일이 온다 해도 두 번은 속지 않는다. 메일 따위 확인하지 않을 것이다.

터치펜을 꺼내 다나의 이름을 클릭하고 메시지를 입력한다.

'저 마노예요. 그때 봤던 가나안 길에서 다음 주 금요일 4시 30분에 만날 수 있을까요. 힐 얘기가 있어요. 오래 걸리지 않아요. 괜찮다면 그 전날 다시 문자할게요.'

요점만 간단한 메시지였지만 이 몇 줄을 적기 위해 마노는 썼다 지웠다를 되풀이하다가 마침내 전송 버튼을 누른다.

그때 창문 아래로 시온과 달리의 모습이 보인다. 너무 멀어서 무슨 얘기를 나누는지는 들리지 않는다.

처음에는 무언가 티격태격하는 듯했으나 시온이 달리의 목을 한 팔로 끌어안으며 장난을 치자 달리가 웃음을 터뜨리는 소리만은 선명하게 들린다. 방법이 어찌 됐든 기분은 풀어진 모양이니 다행이다. 둘의 친밀한 모습에 마노는 저도 모르게 마음이 평화로워졌고,

그 순간은 세상 모든 것들을 다 용서할 수 있을 것만 같았는데, 그 느낌은 다음 순간 시온이 달리의 짧은 머리카락을 한 손으로 쓸어 넘기며 거의 했는지 안 했는지도 모를 만큼 가볍게 입을 맞출 때까지만 지속되었다. 멀찍이서 내려다보아 차라리 장난감처럼 보이는 모습들이었음에도, 그 찰나의 동작만으로도 시선의 깊이마저 헤아려졌다.

피부가 따끔거리고 뒷머리가 움찔거린다. 심장에 가파른 협곡이 생기며 피가 몰려든다. 가마에 들어간 도기처럼 내장 어딘가가 타오르는 것 같다.

터치펜을 손가락에 낀 채로 굳은 듯이 마노는 이어지는 장면을 내려다본다. 그 뒤로는 특별할 것이 없으며 그들은 평소 보던 모습과 마찬가지다.

달라진 거라곤 마노의 체온뿐이다. 마노는 저도 모르게 목 뒤에 손을 올린다.

"목 아프냐?"

마노는 흠칫 놀라 돌아본다. 어느새 두인이 들어와 있다.

"아, 놀라라. 소리 좀 내고 다녀."

"문 열리는 소리를 못 들은 네 귀가 이상한 거다. 뭘 보면서 넋을 빼고……"

두인이 창밖을 향해 몸을 기울이자 마노는 은근히 어깨로 창문을 가렸다. 자기가 뭘 보고 있었는지 알게 하고 싶지 않았다. 그러나 키가 조금 더 큰 두인은 흘끗 넘겨다보기만 하고서도 그만하면 알

조라는 듯이 컴퓨터 쪽으로 돌아섰다.

"뭘 숨기냐? 볼 수도 있지. 가리는 게 더 이상하다. 관음증은 인간의 본능이다."

"닥쳐. 그냥 무심코라니까."

두인의 등 뒤에 대고 설명을 하면 할수록 마노는 스스로가 비참해졌다. 시선은 거짓말하지 않아. 변명도 하지 않아. 유일한 사실은 내가 그들을 보고 있었다는 것뿐이야. 어째서 나는 바로 눈을 떼지 못했지?

"심위법본심존심사(心爲法本心尊心使)라고 했다."

두인이 모니터를 바라보며 읊조렸다.

"아. 진짜. 그건 또 무슨 귀신 씻나락 까먹는 소린데."

"마음은 모든 법의 근본이며 주인도 되었다가 심부름꾼도 될 수 있고…… 뭐 그런 뜻."

안 그래도 무안한 터에 두인이 말로 살살 간질이자 마노는 울컥했다.

"그 잘난 경전에서 나왔냐? 집어치워. 성경도 불경도 질색이야."

"나라고 좋아서 아무 때나 툭툭 튀어나오는 건 아니다. 하도 들어서 박혀 있는 걸 어쩌라고. 그것도 편견이다, 너. 이곳 애들이 말끝마다 죽도록 아흔아홉 마리 양의 비유, 겨자씨와 누룩의 비유, 포도나무와 데나리온의 비유…… 해대는 건 좀 귀찮더라도 으레 그러려니 하면서, 나만 유별나 보이냐?"

"알았어. 하나 정정하자면 아흔아홉 마리 양한테서 떨어져 나온

한 마리 어린 양의 비유야. 그리고 내가 말하고 싶은 건 지금 네 비유가 나랑 무슨 상관이냐는 거야."

"무슨 상관인지는 내가 말 안 해도 네 마음이 알겠지."

그때 휴대전화에서 메시지가 도착했다는 알림 벨이 짧고 신경질적으로 울린다. 알았다는 다나의 답이 액정에 표시된다. 그 간단한 답은 어쩐지 조금 실망스럽다.

다시 창밖을 내다보았을 때 두 사람의 모습은 보이지 않았다. 매점에 간 모양이다. 뒤늦게 올린 손으로 만져본 목덜미는 차갑게 식어 있다.

그럼 그렇지. 잠깐 더위를 먹었을 뿐이다. 마노는 터치펜을 휴대전화 옆면에 난폭하게 질러 꽂고는 소파에 몸을 부린다.

생각해보니 더위 먹었다는 말 자체가 난센스다. 시민들이 최적의 상태로 효율적인 업무를 수행하도록 기상관제센터가 철저하게 날씨와 기압을 계산하고 통제하는 이곳에서.

60억 개의 정의

"어…… 미안한데. 중요한 부분은 다 빼먹고 말해서 무슨 소린지 잘 모르겠어."

조금도 상기되지 않은 얼굴과 함께 그런 말마저 어느 정도는 예상한 떨떠름한 반응이었다.

"다시 한 번만 천천히 말해줄래? 일단 좀, 이러고 있지 말고 앉아서 제대로 얘기하자."

다나가 길옆 벤치를 가리키자 마노는 가만히 고개를 저었다.

가나안 길에는 늦은 오후의 적요가 흘렀다. 가나안 길은 부속 초등학교로 빠지는 길을 제외하면 아디엘 관을 비롯한 어느 건물로도 그렇게 효율적인 진행 경로가 되지 못한다. 자기가 지금까지 한 이야기에 대해 그녀의 썩 내키지 않는 듯한 반응을 생각하면 마노는 지나다니는 사람이 없다는 사실이 오히려 위로가 되었다.

차라리 광장에서의 일을 얘기해버릴까. 아무래도 그건 무의미한 데다 페어플레이가 아니다. 마노는 얼마쯤 아쉬움을 느낀다. 그래도 정말 말하고 싶었던 뜻은 전해졌으리라고 생각했는데 혼자만의 착각인 모양이다. 마노 자신이 지금 긴장과 흥분 때문에 조리 없게 말해서 그런지도 모른다.

"그렇게 오래 끌 만한 이야기가 아니니까요."

다나는 할 수 없다는 듯 어깨를 으쓱해 보이곤 더 이상 앉기를 권하지 않았다.

"그렇다면 내가 이해를 못하는 게 내 탓만은 아니겠구나. 그러니까 너는 지금 무언가, 그게 무언지는 절대로 말해줄 수 없지만 중요하고도 위험한 일에 발을 담그고 있다고 그랬어. 그리고 조만간 그 문제를, 방법도 말할 수 없지만 깨끗이 해결하겠다고 그랬지. 그래서 그다음은? 무언지도 모를 불의의 사고에 의해 좋지 않은 일에 끼어들었다면서 그게 뭔지조차 말 못한다면, 내가 관심을 가져야 할 부분은 어디이며 나한테 바라는 건 뭐니?"

마음은 통하지 않았다. 이게 다 빌어먹을 학생회장 때문에 몸을 사리다가 관계가 지지부진해진 거라고 마노는 분노하기 시작했지만 지금은 그게 중요하지 않았다.

"그 일 말인데요. 앞의 얘기는 누나하고 조금도 상관없어요. 제가 좀 운이 나빠서, 하필이면 다른 사람도 아니고 저한테 벌어진 일이니까요. 하지만 그 일과 얽힌 문제는 어쩌면,도 아니고 확실히 우리 학교 전체에 영향을 끼쳐요. 제가 할 일은 그 문제가 불거지기 전에 불씨를 끄는 거고요. 처음 그 임무를 억지로 떠맡게 됐을 때는 왜 하필 나냐, 재수도 더럽게 없다 싶었지만, 지금은 제가 그 일을 하게 되어 다행이라고 생각해요. 널리 내다봤을 때 누나의 안녕을 지키는 거나 다름없는 일이거든요."

갑자기 이런 이야기를 면전에 들이대면서 믿어달라고 하면 열에 아홉은 코웃음 칠 거였다. 마노는 스스로 생각해도 억지 같았다. 역시 다나도 눈썹을 살짝 찡그렸다.

"점점 무슨 얘긴지 알 수 없어져. 맥락 없이 툭툭 던져놓고 너 알아서 머리 굴려보라는 거, 아주 사람 성질나게 하는 거야."

목적어를 생략한 채로 이야기를 더 진행시키다가는 최악의 결과가 나올 것만 같아 마노는 서둘러 봉합하기로 했다.

"기분 나빴다면 미안해요. 하지만 저도 나름대로 꺼림직한 일을 하기로 맘먹은 데에 마땅한 이유가 필요했거든요. 누나라는 이유가. 모든 일이 무사히 마무리 지어지면 그땐 처음부터 자세히 얘기할게요. 저한테 무슨 일이 생겼는지. 아니, 어쩌면 우리가 처음에 어떻게 만났는지부터 얘기하는 게 좋을지도 모르겠네요. 그러니까 지금까지는 나 자신한테 명분을 주고 싶어서 혼잣말로 떠든 거라고 생각해도 좋고요, 누나한테는 다 쓸데없는 사설이에요. 정말 하고 싶었던 이야기는, 주변 정리를 깔끔하게 한 다음에 그때 가서 저와 사귀어줄 수 있겠냐는 거예요. 생각할 시간이 필요할지 몰라 지금 예고한 거니까 대답은 그때 가서 해주셔도 돼요."

다나는 눈동자가 조금 흔들리기는 했지만 이 자리 자체를 부담스러워하거나 당황하는 것처럼 보이지는 않았다. 그도 그럴 것이, 겨우 몇 번 만났을 뿐인 후배가 부지런한 문자질 끝에 잠깐 나와 달라고 했으면 그날의 주제는 이런 일일 가능성이 적지 않은 법이다. 다만 지금은 문제 해결이 먼저라느니, 주변을 정리한다는 거창한 선포가 앞서는 꽤나 어수선한 고백일 뿐이다.

다나는 천천히 입을 열었다.

"정말 고마운 말인데."

"아니, 말하지 마요. 나 흔들리니까."

"미안해, 말해야겠어. 네 말대로라면 우리가 처음에 이 가나안 길에서가 아니라 언제 어떻게 만난 적이 있는 모양인데, 그 내막이 살짝 궁금하기도 하지만 굳이 물어보지 않을래. 왜냐하면 나는 네 고마운 마음에 미안한 대답으로밖에 돌려줄 수 없으니까. 나 좋아하는 사람이 따로 있어."

마노는 가슴속에서부터 마력 급의 압박이 치밀어 올라왔지만 한숨을 토하는 걸 참았다. 자신의 숨소리가 다나의 다음 말을 가로막는 게 싫었다.

"처음에 너한테 없는 얘기 지어내서 장난을 쳤던 일도 미안하게 생각해. 결국 그 일 때문에 내가 너를 착각하게 만든 셈이 되었으니까. 하지만 나는 참 괜찮은 후배랑 알고 지내서 좋았고, 반가웠어. 다만 그것뿐이었어. 선배로서 해줄 수 있는 다른 일은 뭐든지 부탁해도 좋아."

면도날이 들어갈 만큼의 틈도 없는 말이었고 온몸과 말투에서 느껴지는 단단함이란 역시 광장의 그녀답다고 생각하면서도 마노는 은근히 반감이 솟아나며 자기도 모르게 뾰족하게 말끝을 세웠다.
"좋아하는 사람이군요. 사귀는 건 아니고요? 그건 아니겠네요. 그런 상대가 있었으면 나하고 로데오에서 만날 필요도 없었을 거고, 어쩌다 본 누나는 언제나 같은 반 여자 선배들하고만 함께였으니까. 나는 누나 옆에서 남자라고는 본 적이 없어요."
"글쎄, 사생활까지 너한테 알려줄 필요가 있을까. 중요한 건 내 마음이라고 보는데."
"그렇군요. 참견할 생각은 아니었는데 미안해요."
"괜찮아. 내가 염려하는 건 이런 실망스러운 대답 때문에 네가 하려던 일에 의욕이 꺾이지 않을까 하는 거야. 솔직히 무슨 일인지를 모르니 염려라는 말도 우습긴 한데, 그래도 뭐 나 때문에…… 네가 나를 이유로 삼았다고 하니까, 나도 이런 대답밖에 할 수 없다는 사실이 전혀 부담스럽지 않다고는 못 하니까."
하긴 제목이 무언지도 모르는 일에 자신이 이유로 얽혀 있다는 애기를 들으면 누군들 마음이 무겁지 않을까. 마노는 여기서 더 이상 깊은 얘기까지 파고들면 결국 폭탄에 대한 이야기로 그녀를 공황 상태에 빠뜨릴 것 같았다.
"아니에요. 솔직하게 말해줘서 고마워요. 하지만 누나가 말했듯이 '중요한 건 내 마음'이지요. 좋아하는 건 자유지요?"
"음…… 그렇기는 한데."
"지금은 그냥 아무 말 말고 있어주세요. 저도 혼란스러워서 당장은 포기하겠다든지 노력해서 더 들이대보겠다든지 거기까진 생각 못 하겠거든요. 부탁이니까 나중에 한 번만 더 얘기할 기회를 주겠어요?"

다나는 어깨를 으쓱해 보였다.

"……원한다면. 그때 가서 딱히 대답이 바뀌지는 않을 것 같지만. 네가 말하는 그 문제의 일이라는 게 언제 끝나는지도 모르겠고 말이야. 내가 내 의사와 상관없이 언제 들을지 모르는 고백을 기다려야 하는 건 아니지."

"그건 그러네요. 늦으면 이번 달 내로, 아니 제가 조금만 더 서두르면 이번 주 안으로도 끝나요. 그러니까 조금만 더 봐주세요."

"그거야 뭐…… 그래, 좋아. 여러모로 좀 이상한 약속이긴 하지만."

용케도 두 다리로 버티고 서 있었다고, 마노는 스스로를 대견스러워했다. 다나가 먼저 떠난 뒤 마노는 빠른 걸음으로 가나안 길을 벗어났다.

아주 예상 밖의 일은 아니었다고, 이런 경우도 만날 수 있다고 생각했으면서. 굳은 약속도 손바닥처럼 뒤집히거나 토끼풀처럼 끊어지게 마련인데 처음부터 약속도 하지 않았던 사람을 다시 찾았을 때 누군가가 옆자리를 차지하지 않았으리라는 보장을 확실히 받아 놓았던 것도 아니면서. 그러나 그런 일도 있겠다고 가능성까지만 생각했을 뿐 막상 마노 자신이 그 현실을 마주했을 때 어떻게 하리라는 예정은 없었다.

그래도 지금은 조금만 더, 한 번쯤은 다시 말해볼 가치가 있다고 마노는 믿고 싶었다. 몇 밀리만큼의 용량에 불과하나 발전적이고 건설적인 대답이, 그것이 희망 고문일 뿐이라도, 돌아올지 모른다고 말이다. 시작은 루비 때문이었지만 다나라는 존재는 이제부터 자신이 저지를 비열한 행위를 도덕적으로 합리화하는 유일한 근거였다.

"자기 거 옆 사람한테 보여주지 마. 자기 구역 말고는 알 필요 없어. 알아서도 안 되고. 뭔가 문제가 생겼을 때 각자가 지는 위험 부담을 되도록 줄이기 위해서야. 무슨 뜻인지 이해할 수 있지?"

아이들은 각자 휴대전화를 열고 학교 지도와 내부 구조도를 클릭해보았다. 서로 다른 파일명으로 지정되어 있다. 마노는 구역 C라는 이름으로 저장된 파일을 클릭힌다. 클릭하면 학교의 전체 구조도가 나오는데, 연녹색으로 칠한 부분에 구역 C라고 적혀 있다. 각 사람마다 한 층씩, 이렇게 단순하게 무 자르듯 지정한 게 아니었다. 마노의 경우 2층 실습실, 4층 2학년 교실 가운데 A반, D반, F반, 이런 식으로 정해져 있으며 곳곳에 흩어진 연녹색 C구역을 클릭하여 확대하면 해당 교실의 어느 지점에 폭탄을 부착해야 하는지 입체 화살표가 뜬다. 화살표 옆에는 그 교실 내에서 해당 지점이 차지하는 위치가 정확한 수치로 표시되어 있다.

용의주도하고 까다로운 작업이다. 가령 3학년 A반의 청소도구함 왼쪽 벽을 폭탄 부착 지점으로 설정했다고 해서, 바로 옆 교실인 3학년 B반의 부착 위치가 동일하지는 않다. C반은 전자 칠판 밑, G반은 오른쪽에서 두번째 창틀 아래, 이런 식이다. 누군가가 우연히 폭탄을 발견했을 때, 세라핌 경보 발령[25]과 함께 다른 교실에서도 같은 위치를 뒤져 한꺼번에 폭탄을 찾아내는 일을 조금이라도 늦추기 위해서다. 이걸 일일이 수작업으로 지정했다는 사실에 마노는 다시 한 번 놀라움을 느낀다.

구역 C의 각 교실에 포인터를 갖다 대자 경비원이 매일 순찰을 도는 시각이 분 단위로 뜬다. 약 3주일에 걸쳐 안지와 두인, 마노가 3교대 경비원들의 근무시간표를 입수해서 그들의 뒤를 밟은 결과를 정리한 것이다.

그 밖에 안지는 시온과 함께 디데이에 학교 전산을 마비시킬 프로그램을 비롯하여 같은 날 지상의 방송사와 포털 사이트에 전송할 유인물을 준비했다. 작년과 달라진 점이라면 이번에는 고등학교뿐만 아니라 재단이 속한 학교 전체의 전산망을 감염시키려는 것이며, 믿음 안 가는 방주시의 미디어 사 대신 지상의 방송사에 한 해 동안 재단이 학교 활동과 무관하게 유용한 금액을 포함한 주요 비리 자료를 보내려는 것이다. 방송 공개를 거부할 경우를 대비해 방송사와 포털 회사에도 폭탄을 설치했다는 메시지를 보낼 생각이다. 최소한 앞뒤 말을 잘라먹고서라도 그런 협박이 있었다는 사실 자체는 보도될 것이다. 그 후 몇몇 대형 웹 게시판에다가 자료와 사건을

---

25) 방주시의 위험 비상경보 등급은 트론즈 - 케루빔 - 세라핌으로 나뉘어 있다. 모두 천사의 계급 이름으로 세라핌이 제1계급이다.

흘리면 협박의 이유와 근거는 네티즌이 알아서 찾아낸다.

마노는 고민한다. 지난번 일락이 한 짓으로 봐서는 이번에 자기가 받은 C구역 지도만 갖고 간대도 먹히지 않는다. 일괄 자신의 통제 아래 두어야 하니 보나마나 전체 폭탄 설치 지도를 집어오라고 할 텐데, 마노는 일락의 낯짝을 가능하면 한 번이라도 덜 보고 싶다. 하상이 폭탄 설치에 가담하지 않는 걸 전제로 하면 지도는 6등분되어 있다. 루비는 두말없이 자기 지도를 마노에게 복사해줄 것이다. 말만 잘하면 두인의 것까지 얻을 수 있을지 모른다. 두인은 같은 방을 쓰니까 녀석의 휴대전화에는 좀더 쉽게 접근할 수 있겠지만, 몰래 뒤지는 일은 불가능하다. 녀석이 귀신같이 알아차릴 것이다. 듣기 좋은 말로 달랠 속임수를 생각해야 한다. 그런데 나머지는?

마노의 머릿속은 수없이 도꼬마리 열매가 돋아나 서로를 갈고리로 얽어매듯 복잡해지기 시작했다. 결국 시온의 휴대전화 데이터를 훔치는 것밖에 정답이 없다. 어떻게? 반드시 거기 들어 있으리라는 보장도 없으며 자주 들고 다니지 않는 파우치북 깊숙이 폴더를 몇 겹으로 만들어 넣어놓았을지도 모른다. 폴더는 투명 처리를 한 데다 비밀번호가 걸려 있겠지. 그 안의 데이터는 전화와 공유 설정이 안 되어 있을지도 모르는 일이다.

전체 지도만 손에 넣는 걸로 끝이 아니다. 그 지도와 일치하는 지점에 폭탄이 실제로 부착되어 있어야 증거 자료로 적합하기에 지도를 일락에게 넘기는 시점은 회원 모두가 임무를 끝마친 다음이어야 한다.
 각자의 임무 완수일은 그다음 주 수요일까지다. 루비는 마노더러 어째서 미적거리며 하자는 대로 다 하고 있느냐고 계속 눈치를 주고 있었다. 마노는 일단 잠자코 있으라고 루비의 입부터 닥치게 한 다음 방과 후 비는 시간마다 부지런히 폭탄을 붙이러 다녔다. 남들보다 하루라도 빨리 끝내야 시온의 휴대전화에 접근할 기회가 조금이라도 늘어난다는 판단에서였다.
 그리고 바이러스에 감염될 걸 각오하고 수상한 어플리케이션을 자신의 휴대전화에 다운로드하는 한편 기종이 다른 어느 전화하고도 즉시 호환시켜주는 공유용 연결 잭을 상비하고 다녔다. 어플리케이션은 익명의 네티즌이 만든 것인데, 오류가 많고 평가점수가 낮아 공개자료실에서 찾기 어려운 것으로, 200페이지가 넘는 자료실 등록 문서를 일일이 뒤져 이걸 찾아냈다. 상대방 휴대전화의 암호를 모르더라도 데이터가 통째로 복사되게 잠금장치를 일시적으로 풀어주는 어플리케이션이었다. 원본은 그대로 잠긴 채 남고, 복사한 데이터는 잠금이 풀린다. 비밀번호를 잘 잊어버리는 엄마 아빠를 위해 만들었다는 간단한 설명이 달린, 지극히 개인적이며 비상업적인 어플리케이션이었다. 그다음 하위 폴더와 각각의 문서에 암호가 걸려 있대도 그건 일락네가 알아서 할 일이었다.
 준비를 갖춘 다음부터는 시온을 주시하며 그가 순간이나마 보일지 모르는 빈틈을 내내 기다렸다. 너무 수상해 보이지는 않을 만큼 뒤를 밟는다는 게 어느 정도인지 마노는 알기 힘들었다. 때로는 루비를 데리고 다니며 회원들과 어울리는 척했고, 혼자서 틈을 노릴 때도 있었다. 기숙사 식당에서는 할 수 있는 한 시온과 가까운 자리에 앉았고, 시온이 수강 신청한 외부 인사 초청 특강이 있으면 자신도 그 특강의 주제에 관심이 있거나 말거나 수강 신청을 하고는 그의 일거수일투족을 살폈다. 물론 그때마다 옆에 달리가 있어서 접근은 쉽지 않았다. 달리는 양장본 모서리를 마노의 이마에 꽂은 뒤로 완전히 마노를 무시하며 없는 사람인 셈치고 있었다.

마침내 기회가 왔다. 시뮬레이션을 지긋지긋하도록 돌려보느라 남들보다 임무 시작이 늦었던 달리가, 저녁 식사를 먼저 마치고 폭탄을 붙이러 자리를 비운 때였다. 마노는 달리가 저녁 시간 언제쯤 기숙사를 비우며 점호 시간에 맞추어 아슬아슬하게 돌아오는지, 옆에서 시온을 관찰하는 동안 자연히 달리의 일정표와 동선을 꿰고 있었다.

마노는 보건실에서 슬쩍해두었던 팔 고정대를 손목에 감고, 한 손으로 위태위태하게 식판을 받친 채 시온 앞에 가서 앉았다.

"농구하다가 삐어서요."

시온이 아무 말도 없자 마노는 서둘러 덧붙인다.

"그래도 일 끝난 뒤에 다쳐서 다행이지요. 저는 진작 다 붙였거든요."

시온은 조금 웃는다. 지쳐 보이는 미소다. 며칠 밤을 샌 모양이다. 각종 특혜와 금품 수수 등 방주시 건설과 관련한 비리 자료를 추가로 모으고 상시 검열이 이루어지는 웹사이트를 파악 및 분류하여, '결정적 검색어'를 피해 게시판에 조금씩 글을 흘리면서 기말고사 준비까지 함께하는 형편이었다. 여러모로 신기한 사람이다. 어쩌면 시온이야말로 학교에 미련이 많거나 갈피를 잡지 못하는 사람일지 모른다. 어차피 떠날 학교라면서 공부를 하다니.

"재주 좋네. 경비원 도는 시간 맞춰가면서 피해 다니기가 그렇게 쉽지 않을 텐데."

"말도 마세요. 한 번은 진짜 들킬 뻔했어요. 수업 끝난 게 언젠데 아직까지 교실에 남아서 뭐하냐고, 딱 걸렸다니까요. 그것도 3학년 교실이었는데."

"그래서 어떻게 했어?"

"다행히, 제가 1학년인지 3학년인지 그 아저씨가 알 게 뭐예요. 저는 옆모습만 보인 채로 서 있어서 교복 마크가 눈에 띄지 않았을 거예요. 우리 반에 뭘 좀 두고 잊어버린 척했지요."

식사가 끝난 뒤 시온은 예상대로 나왔다.

"무리하지 말고 앉아 있어. 식기는 내가 반납하고 올게."

"어, 죄송한데…… 저 물도 좀."

"그거야 당연하지."

빈 식판 두 개를 겹쳐 든 시온이 등을 돌리고 몇 발짝 걸어가기가 무섭게, 마노는 고정대를 감지 않은 쪽 손으로 식탁에 남아 있던 시온의 휴대전화를 쓸어 자기 무릎으로 떨어뜨렸다. 식탁 아래에서 잭을 꽂았다. 아무리 천천히 다녀온대도, 식수대 앞에 줄 선 사람이 밀려 있대도 약 40초면 시온이 돌아올 것이다. 어플리케이션을 가

동시키고 데이터 전송 버튼을 누른다. 호환 작업 중 메시지가 뜨고, 데이터 전송 완료까지 25초 남았다는 알림 마크가 나타난다. 빨리, 빨리. 입술이 마르고 목구멍으로 쓴 침이 넘어간다.

스테인리스 물컵 두 개를 들고 돌아오는 시온의 모습이 멀리서부터 보인다. 전송 완료. 정상적인 하드웨어 분리 명령을 내릴 시간도 없이 잭을 뽑아버린다. 자기 전화와 잭을 주머니에 한꺼번에 쑤셔 넣고, 마노는 몸을 일으키기가 무섭게 발을 헛디디는 척하며 요란하게 식탁을 밀어 함께 나동그라진다.

"괜찮아? 다쳤으면서 조심해야지."

시온이 옆 식탁에 컵을 내려놓고 마노를 부축한다. 마노는 일부러 가슴으로 깔아뭉개고 있던 휴대전화에서 몸을 일으키며 고개를 숙인다.

"저 때문에 떨어졌어요. 어떡하시죠? 액정이 나가지 않았어야 할 텐데."

"응, 괜찮아. 멀쩡하네."

마노는 시온의 어깨에 한 팔을 걸치고 일어난다. 그러면서 고정대를 끼운 쪽 팔을 조금이라도 움직이지 않으려 의식적으로 애쓴다.

"혹시라도 작동 안 되면 얘기하세요. 새로 바꿔드릴게요. 버튼 하나라도, 언제라도, 꼭이에요."

"하하, 그러다가 내가 이거 고물 될 때까지 쓰고서 너한테 뒤집어씌우면 어쩔 작정이야. 팔이나 빨리 나아."

사실은 팔도 다리도 아무 문제없으면서 시온의 어깨에 의지한 채로, 마노는 입술을 깨문다. 미안해요. 정말 다른 방법이 없었어. 루비나 다나, 계기는 아무래도 좋다. 마노는 지금의 선택 또한 자신의 의지이기도 하다고 되뇌며 발을 옮긴다. 그러면서 자신은 지금 의지한 어깨의 주인과 생각이 다르다는 걸 다시 한 번 상기한다.

처음부터 길이 다른 사람이었고, 그대로 두고 볼 수 없는 계획이었다. 마노 자신이 아닌 누구라도 이 일을 알았으면 마찬가지로 행동했을 터였다. 마노는 새삼스럽게 가슴속이 정의감으로 넘쳐흐르는 느낌이었다.

정의? 그 문제의 정의란 무엇인지 딱 꼬집어 말로 설명하지 못해도 좋다. 자기가 믿는 것, 자기한테 이익이 되는 것. 그게 정의다. 절이 싫으면 중이 떠나는 거지 절간을 부수는 게 아니야.

딱지는 무엇으로
　　　이루어져 있는가

오늘은 어쩐 일인지 늘 따라다니던 졸개들이 학생회실에 없고 일락 혼자뿐이지만 상관없는 일이다. 일대일이면 한번 붙어볼 만하다는 생각이 머리를 스치고 지나가지만, 오늘 같은 중요한 날 일부러 자청해서 일을 망칠 건 아니다. 마노는 일락이 메모리디스크를 꽂고 내용물을 검토하는 동안 책상 옆에 서서 기다린다.

이걸로 끝이다. 오늘은 놈한테서 해방되는 날이다. 일락이 처음 말했던, 뒤를 봐주겠다든지 하던 약속은 기대하지 않으며 오히려 사양이다. 이 일로 조금이라도 비굴한 보상을 받는다면 그게 빌미가 되어 앞으로도 일락에게서 벗어날 수 없을지 모른다.

거기에 최소한의 양심 문제도 걸려 있다. 좋은 선배와 친구 들을 배신한 대가가 눈에 보이는 형태로 자신에게 주어져서는 안 된다. 언젠가는 이 일과 무관한 다른 학생과 선생 들까지, 하마터면 일어날 뻔했으나 결국 무마된 소요에서 이마노가 배신자라는 걸 알게 되겠지만, 그때가 오더라도 명분을 지킨다는 게 이유다. 자신이 무언가 이익을 바라서 더러운 거래를 한 게 아니라는.

"수고했어. 자료가 많아서 어수선하지만 중요한 건 대강 다 들어 있네."

"통째로 떠온 거라 분류를 따로 안 했는데, 왜?"

사실 마노는 시온의 사생활을 일락이 들쑤시는 게 마음에 걸려 데이터를 분류하고 필요한 도면이나 문서만 폴더를 따로 만들어 넘겨주고 싶었다. 그러나 그러자면 자신이 먼저 이 데이터를 열고 확인해야 했다.

이미 도둑질을 한 처지에 그런 짓까지 할 수 없었다. 그 죄책감은 어쩌면 치고 빠지는 무책임과 닮아 있었다. 나는 이 사람의 피와 관계없으니 너희들 알아서 하라고 맑은 물에 손을 씻어 두어 번 털던 본시오 빌라도같이.

어차피 마노가 폴더 하나만 만들어주더라도, 정식 조사가 시작되면 시온은 휴대전화 자체를 압수당할 것이고 내용물이 샅샅이 까발려질 것이다. 그쪽은 마노가 가만있어도 사생활이고 무엇이고 점점이, 뒷면이 투명하게 보일 만큼 얇게 회를 뜨이게 되어 있다. 폭탄과는 아무 관계없는 개인적인 메일이나 취미 생활부터 야동까지 예외가 없을 터다. 그걸 생각하면 마노는 차라리 자신이 이쯤에서 손을 털고 손수 남의 자료를 뒤지는 이중의 잘못만은 저지르지 않는 게 나을 것 같았다.

"아니, 잘했어. 쓸데없어 보이는 거라도 다 참고가 되니까 분류는 내가 하지."

"그럼 나는 이제 가도 되겠지."

"안 돼, 조금만 기다려. 몇몇 폴더에 암호가 걸려 있어. 그걸 깨고 확인해보기까지는 못 가."

"언제 될 줄 알고."

"금방 돼. 여기서 조금만 기다려."

일락은 본체에서 메모리디스크를 뽑고 자리에서 일어났다.

"게다가 여기서 기다리고 있으면, 선물도 준비해놨으니까. 약속했잖아? 공짜로는 부려먹지 않는다고."

"그런 거 필요 없어. 나하고 루비를 놔두기만 하면 그만이야."

"왜 그리 까다롭게 구실까. 나쁜 일 아니니까 잠자코 있으라는데."

마노는 일단 그대로 기다려보기로 했다. 일이 막판에 가까워지는 마당에 일락의 심기를 건드려보았자 좋을 게 없다. 이번에 잘못 보였다가는 다나까지 끌어들일지 모른다. 그러한 다음번이란 결코 와서는 안 된다. 깨끗하게 정리해주고 필요하다면 애프터서비스까지 마친 뒤 물러나야 한다.

일락이 나가고 마노는 넓은 학생회실에 혼자 남았다. 불쾌하면서도 신선했다. 권력자와 그 하수인들이 없는 곳에 혼자 있는 느낌이란.

마노는 학생회장의 명패가 놓인 책상 앞에 앉았다. 무두질한 가죽으로 감싸인 팔걸이의자에 몸을 깊이 묻고 거만하게 양 팔을 올려놓았다. 이런 자리에 앉아 다른 이들을 무시하거나 비웃으며 내려다보는 느낌은 어떤 걸까?

마노로서는 앞으로도 굳이 알고 싶지 않은, 어쩌면 자기가 영원히 알 수 없을 것이 분명하기에 알고 싶지 않다고 합리화하는 감각이었지만 의자 하나는 몸에 맞춘 듯 안락하여 그대로 의자 속으로 자신의 몸이 흡수되어버려도 전혀 이상할 게 없어 보였다. 모든 걸 가진 자가 누릴 수 있는 요소들의 핵심이 이 등받이에 응축되어 있는 듯했다.

그러다가 줄곧 켜져 있던 모니터 바탕화면에 '신입생 파일'이라는 이름의 폴더가 눈에 띄어 윗몸을 벌떡 일으켰다. 일락이 하는 짓이나 말로 보아 거기에는 꼭 필요한 전교생 주소록이나 비상연락망 따위만 들어 있지는 않을 터였다.

어디 이 빌어먹을 놈이 무슨 자료를 갖고 있나 좀 보자.

마노는 아무런 거리낌도 없이 그 폴더를 더블클릭했다. 시온의 개인 자료를 보고 싶지 않아서 접근을 포기했을 때와는 사뭇 다른 감정이었다.

일단은 일락이란 놈이 자기가 뭐나 된다고 신입생 자료를 별색 폴더로까지 지정해서 갖고 있는지 열받는다는 반감이 가장 컸고, 더불어 짧은 시간이나마 일락의 컴퓨터를 뒤지면 마노 자신도 그의 약점을 하나쯤 잡아낼 수 있을지 모른다는 생각이었다.

무엇보다도 루비를 가두고 마노 자신을 호출했을 때 근거로 이용한 파일임에 틀림없다. 뒤져보지 않을 이유가 없다.

상위 폴더를 클릭했을 때 마노는 단박에 꼭지가 돌 지경이었다. 어느 정도 예상은 했지만 그 안에는 1학년 전체가 아니라 1학년 가운데에서도 지상의 아이들 전형으로 입학한 합격자들만 폴더별로 저장되어 있었다. 어떻게 보더라도 그들만의 방주에 온 환영하기 힘든 손님들을 감시 아래 두고 관리할 작정이었다는 걸 알 수 있었다.

마노는 자신의 이름이 적힌 폴더를 찾아 더블클릭했다. 처음 일락이 평균 점수를 운운해가며 깔아뭉개던 말로 미루어보아서는, 마노 자신의 초중등학교 생활기록부와 병원 기록부 외에 어머니, 아버지의 재직증명서, 집안 재정 상황을 보여주는 소득증명서나 부동산 자료 등이 들어 있을 터였다.

그런 자료들의 목록을 훑어나가다가 마노는 멈칫했다. 영문과 숫자로 이름이 지정된 동영상 파일이 있었다. 뭘 찍은 걸까? 오리엔테이션 기간에 적응하는 아이들의 생활 모습을 틈틈이 찍어 편집한 기록일지 몰랐다.

동영상 파일을 열고 몇 초쯤 지났을 때 마노는 펜 마우스를 던지며 의자를 박차고 일어섰다.

이건 어렸을 때의 루비 모습이야. 초대권을 받고 방주시에 들렀을 때의 모습. 어떻게 된 거지? 그때부터 초청 시민들을 감시하며 찍고 다닌 거야?

그건 바로 광장의 모습이었다.

그런데 어딘가 이상했다. 밖에서 이들 가족을 바라보며 찍었다고 보기에는, 마노의 모습은 거의 제대로 나오지 않았다. 어린 루비나 엄마 아빠는 언뜻 스쳐 갔어도 전신이 보였는데, 마노만큼은 마치 근접 촬영한 것처럼 위에서 내려다보는 형태로 손이나 발 중심으로 나왔다.

게다가 광장의 모습도 옛날에 보고 사진으로 찍어두었던 것과 달라 보였다. 5년 전 그때의 광장이 아니라, 1년 전에 환경 조성을 다시 하고 부분적으로 시설물들을 교체한 요즘의 광장 모습에 가까웠다. 배경과 인물이 시기적으로 일치하지 않는 것이었다.

그리고 광장의 그녀가 나왔다. 분노에 떠느라 얼굴을 찡그리고 있었으나 기억 속에 보존된 것과 꼭 같이 우아하고 어여쁜 얼굴이었다. 마노는 뒷걸음질했다. 그건 마노의 위치와 각도에서 바라본 그녀의 얼굴이었다. 어째서 자기 자신만은 전신이 나오지 않았는지 알 만했다.

머릿속이 압력으로 가득 차 폭발하기 직전이었다. 마노는 심리상담연구실에서 의미 불명의 괴상한 그림들을 보다가 잠들었을 때 꾸었던 꿈이 생각났다. 이건 그때 자신의 머릿속 이미지를 찍은 결과물이었다. 그래서 이토록 장면이 제대로 이어지지 않고 단편적이며, 자신의 기억에 남았던 부분들만 강조되어 확대된 거였다. 사람은 옛날 사람인데 그 사람의 배경에 있는 광장의 모습이 요즘 것과 뒤섞인 것도 그런 이유였다.

교사조차도 3단계의 보안 절차와 검토를 거쳐? 놀고 있네. 기껏해야 이사장 손자한테 이렇게 홀랑 넘겨버릴 거면서. 마노는 모니터를 창밖으로 내던지고 싶었다. 그나저나 이 동영상을 본 일락이 이미 처음부터 광장의 그녀에 대해 알고 있었으리라는 점도 마노는 신경 쓰였다. 거기서 자료를 조금만 더 뒤져보면 드물게나마 만남이 있었던 다나를 해코지할 만한 건수도 나오리라는 생각에 이르자 돌아버릴 것 같았다.

동영상은 잠깐 끊겼다가 계속 이어졌는데 다른 파일과 합쳐 편집한 듯했다. 이어지는 파일이 진짜였다. 마노의 머릿속 이미지가 아니라 실제로 5년 전 시나이 광장을 찍은 거였고, 그래서인지 마노가 시비를 붙은 장면도 멀찍이서 찍혔다.

'이제 큰일 났다. 여기 다 찍히는 거 모르죠?'

'그럼, 사방에서 카메라가 돌아가는데.'

시비 붙었던 아이들이 그때 그렇게 말했던 기억이 어렴풋이 났다.

일락은 심리상담연구실의 동영상 파일을 먼저 입수한 뒤, 시나이 광장 곳곳에 범죄 예방 목적으로 설치된 감시 녹화 장치의 촬영 보존분에서 둘을 비교하고 필요한 부분만 편집한 모양이었다. 중간중간 작아서 잘 보이지 않는 부분을 확대하려고 시도한 흔적이 나타났다. 확대의 결과로 해상도가 낮아지고 영상이 흐릿해졌지만 마노는 '그녀'의 얼굴이 기억 속의 모습과 다르다는 걸 알아챘다. 사람의 두뇌는 자기가 기억하고 싶은 대로 이미지를 왜곡한다는 사실이 새삼스럽지는 않았고, 그녀를 가장 예쁜 모습으로 간직하고 싶은 자신의 내밀한 욕망이 파일 대조를 통해 드러났지만, 그래도 이 정도로 달라질 줄은 몰랐다. 이 모습은 마치……

일시 정지된 그녀의 얼굴 부분에 느낌표 모양의 아이콘이 떴다.

중요한 추가 정보를 확인하라는 표시였다. 아마도 일락은 마노보다 먼저 광장의 그녀를 찾아 인질로 써먹기 위해 이것저것 표시를 달아두고 알아보았으리라. 그러나 그게 여의치 않자 급한 대로 루비를 끌어들인 게 확실하다.

마노는 느낌표 아이콘을 클릭했다.

환경 설정이 틀렸거나 맞는 폰트가 없어서 내용 표시가 안 되는 듯, 말풍선 이미지 속에 깨진 부호들이 몇 줄 나와 있었으며 말풍선 꼬리는 여전히 그녀의 얼굴을 가리키는 채였다.

깨진 문장을 클릭하자 연결된 이미지 파일 하나와 함께 정상적인 캡션이 떴다. 이미지 파일은 교복을 입은 다나의 증명사진이었으며, 캡션의 내용은 이랬다.

외형적 조건으로 위 사람과 일치할 확률: 46%

얼굴을 합성하거나 인식 및 분석할 때 쓰는 몽타주 프로그램과 연결된 캡션이었다. 일락이 즐기는 그 망할 놈의 데이터, 데이터, 데이터였다. 46퍼센트 같은 소리 하고 있네. 외모 조건이 그렇다 해도 마노는 더 이상 물러설 데 없이 절대적인 정확도를 자랑하는 DNA 자료를 갖고 있었다.

캡션 하단에 괄호(〉) 모양의 화살표가 깜박거렸다. 뭐가 더 있나 싶어서 클릭해보니 새로운 이미지 파일이 떴다.

……달리가 왜 여기 있는데?

마노는 멍하니 화면을 응시했다. 달리의 증명사진 캡션에는 이렇게 적혀 있었다.

외형적 조건으로 위 사람과 일치할 확률: 91%

이제야말로 모니터를 집어 창문에 던져버릴 차례였다. 충분히 그럴 마음이 들었으나 마노는 손이 떨려 모니터를 만질 수도 없었다. 대신 이 끔찍한 곳에서 서둘러 벗어나는 쪽을 택했다. 자신의 흔적을 너저분하게 늘어놓은 채 마노는 문을 향해 걸어갔다. 가슴속 두근거림이 심장에서 시작해 내장을 훑고 지나가 온몸을 비틀어대다가 결국은 다리가 풀려 넘어질 뻔했다.

한 손으로 간신히 바닥을 짚고 일어나며 마노는 고개를 주억거렸다.

그럴 리가 없잖아. 91이라니, 91 좋아하네. 그 정도라면 내가 처음 보고 몰랐을 리가 없잖아. 처음이라면 아무래도 좋아, 그래도 그동안 계속 보아온 아이의 얼굴을, 어떻게 내가 몰라볼 수가 있는데. 아무리 나의 기억이 내 편리한 대로, 또는 바라는 방향으로 왜곡되었다 해도—그러다 문득 마노는 기억해냈다. 정말로? 계속 보아온 얼굴이라고? 대부분은 불편하다는 이유로 시선을 두기 꺼리거나 곁눈질로 일관하지 않았던가?

마노가 문손잡이에 손을 내밀기도 전에 바깥에서 문이 열렸다. 일락은 혼란과 분노로 어찌할 바를 모르는 마노의 표정을 보고는 성취감으로 가득 찬 승리의 미소를 지었다.

"그 꼴을 보니 내 선물이 그럭저럭 마음에 들었나 보네."

"……뭐하는 놈이야. 이게 다 뭐야. 뭐냐고!"

목소리는 점점 높아졌지만, 마노는 이제 일락의 멱살을 잡을 힘마저 없었다. 늘 곁을 지키는 개들이 없어서 지금이야말로 그동안 상상으로만 꿈꾸었던 일들, 이를테면 놈의 얼굴에 침을 뱉거나 무언가를 던지거나 손가락을 자를 수도 있는 때인데.

마노는 곧이어 일락의 어깨 너머로 조심스럽게 나타난 얼굴을 보고 뒷걸음질하다 소파에 등을 부딪쳤다. 그동안 일락 뒤에 벽지 무늬처럼 둘러서 있곤 했던 지킴이들 따위는 지금 이 순간의 충격에 비하면 아무것도 아닌 존재들이었다.

"……미안해, 말하지 못해서 미안해."

다나는 마노의 목과 가슴 사이 어디쯤에 불분명하게 시선을 둔 채로 쫓기듯이 중얼거렸다.

"어떻게, 어떻게 이럴 수가 있어요."

아무리 둔하거나 현실 감각이 없는 사람이라도 이쯤 되었으면 인정하지 않을 수 없다. 처음부터 그녀가 목적이나 사명을 띠고, 그렇지 않다면 최소한 마노 자신과 마찬가지로 피치 못할 사정이나 협박에 의해 의도적으로 접근해왔다는 것을.

"너무 늦게 돌려줘서 미안해."

다나는 넋이 빠진 마노의 손목을 끌어당기고 손바닥 위에 작은 반지 상자를 올려놓았다. 내용물이 무엇인지 안 봐도 알 수 있었다.

"말해두지만 훔친 건 내가 아니야. 학생회 애들 중 하나가……이런 말 해봤자 너한테는 다 똑같을 뿐 아무 소용없겠지만."

마노의 손가락에 힘이 풀리면서 상자가 바닥으로 떨어졌지만 이제는 주울 필요가 없었다.

"그래, 똑같은 짓이지. 목걸이 속에 든 걸 바꿔치기하고는 너를 따라가 길에서 주운 척 돌려준 건 나니까."

마노는 언젠가 두인이 마음에 걸린다고 했던 일이 떠올랐다.

'같아도 너무 같아서 그랬다. 같은 사람이라면 DNA가 같은 게 당연하지만, 형태하고 색소까지 심하게 일치하는 게 이상했던 거다. 오 년의 시간 차이가 전혀 느껴지지 않았다고. 사람이 말이다, 살다 보면 먼지나 샴푸나 감기약 같은 화학 성분이나 햇빛, 어디든 노출되어서 머리카락 같은 건 조금이라도 색깔이 변하기 마련이라고. 그런데 이건 대조해보니까 오 년 선이 아니라 바로 엊그제 뽑은 것 같다는 말이지. 물론 이곳이 인공 기상 장치로 돌아가는 데라는 걸 생각했을 때, 여기 사람에겐 꼭 그렇게 놀라운 일만은 아니지만.'

마노는 눈앞이 흐려지고 출렁거려서 똑바로 서 있을 수가 없었다. 일락이 두 사람의 어깨를 두드렸다.

"둘 다 쓰러질 것같이 보이는데 이러지 말고 좀 앉지그래."

다나는 일락의 손을 가볍게 뿌리쳤다. 마노는 소파 등받이에 기대어 엉덩이만 걸치고는 이마에 손을 짚었다. 한꺼번에 과량의 정보, 그것도 뜻밖의 것들이 몰아닥쳐 머릿속이 차근차근 정리되지 않았다.

"왜 그랬어요. 누나는 무슨 약점을 잡히고 그런 짓을 했어요."

"약점이라면 글쎄, 내가 지난번에 말했던 게 바로 이 인간이야. 이런 녀석인 거 알지만."

―나 좋아하는 사람이 따로 있어.

마노는 힘없이 고개를 끄덕였다.

"그럴 거라면 왜, 차라리 나란 놈에 대해서 완벽하게 좀 연구하지 그랬어요. 손수건도 기억나는 척해주고, 추억도 공유하는 척해주지 그랬어요. 나한테 더 열심히 첩보 활동을 시키려면 내 맘에 응해주는 척하는 게 더 나았을 텐데."

일락은 책상 위 흩어진 물건들을 정리하면서, 아무 말도 못 하고 선 다나를 대신해 대답했다.

"연구 많이 했지, 왜. 그것도 내가 시킨 대로의 각본이야. 시시콜콜한 기억까지 너무 선명해서야 오히려 수상하게 보이기 딱이지. 어디까지나 희망을 잃지 않을 정도로 조금만 떡밥을 흘리라고. 그런데 너란 놈, 솔직히 별 기대 안 했는데 알아서 척척 움직여주더라. 목걸이 속의 짝퉁 대체는 만일의 경우를 대비한 거였어. 근데 사람 사이의 관계니 틈이 어쩌고 같은 말 한마디 흘린 거 가지고, 설마 진짜 DNA 검사까지 수소문해볼 만큼 적극적으로 나서리라곤 생각 못 했는데 말이야. 그 덕에 나는 별로 무대에 공들이지 않았으니 고맙게 됐지. 너한테 동기 유발도 충분히 된 것 같고. 아무튼 수고 많았어. 짧게나마 이 친구와 보냈던 시간은 널 위해 만든 내 작은 성의라고 생각해둬."

"사람 마음 갖고 장난치는 게 성의? 시간이 지나면서 만약 다나

누나가 나하고 마음이 맞기라도 했으면 어쩌려고 그랬지?"

"뭐 그래도 딱히 상관은 없다만, 그럴 리가 없잖아, 딱지 같은 놈한테."

일락에게 있어서는 다나마저 쓰고 버려도 되는 패였다는 뜻이다. 마노는 이제 무언가 더 따질 힘이 남아 있지 않았다.

"너희는 그들과 무슨 언약도 말 것이요, 그들을 불쌍히 여기지도 말 것이며 또 그들과 혼인하지 말지니—신명기 칠 장 이 절에서 삼 절. 그들이란 바로 네놈들 같은 이민족을 가리키는 거야. 윤시온하고 그 패거리들은 인류의 피고름 같은 놈들이지. 고름을 뽑아내면 그 자리는 잠깐 딱지로 덮이게 마련이야. 먼지 같은 불순물하고 피하고, 또 피부 조금하고 뒤섞인 딱지 말이다. 바로 너 같은 놈. 언젠가는 잡아 뜯거나 알아서 떨어져나가는 딱지."

마노는 한 손으로 일락의 멱살을 잡고 창문에 밀어붙였다. 일락의 머리가 쿵 소리를 내며 창에 부딪쳤다. 다나가 외마디소리를 지르며 자기 입을 가렸다. 일락은 아픔에 얼굴을 찡그리면서도 여유롭게 웃었다.

"이러고 있을 때가 아닐 텐데. 나 이미 네가 복사해온 귀중한 자료들, 경찰에 다 넘겼다고. 그것도 '지상 출신 전담반'한테 말야. 조금 있으면 윤시온 그놈부터 잡으러 기숙사로 찾아갈 거다."

마노가 멈칫하느라 아주 잠깐 손에 힘이 풀린 순간을, 일락은 놓치지 않았다. 순식간에 한 손으로는 마노의 팔을 뒤로 꺾고 나머지 한 손으로 머리를 붙잡아 책상에 박아버렸다. 책상 유리에 금이 가는 소리가 들리고, 다나가 다시 비명을 지르다 삼켰다. 일락은 자기보다 키 큰 아이가 발버둥치는 걸 계속 힘으로 누르고 있는 게 쉽지만은 않은지 말이 빨라진다.

"폭발물 제조 및 협박, 게다가 실제 설치까지. 그 와중에 날짜랑 시간이 설정된 시한폭탄이기까지 한데, 훈방 때리고 끝날 일은 아닐 것 같지? 여유 부리고 있어도 되나? 관련된 놈들 줄줄이 딸려갈 거야. 너는 여러 가지 애써줬으니 내가 할아버지한테 부탁해서 다른 놈들보다는 하루라도 먼저 꺼내줄 수도 있어. 원한다면 루비도 그렇게 해주지. 뭐 너희들 남매가 아무런 고생도 안 할 거라곤 얘기 안 했어, 처음부터."

마노는 한 발을 들어 구두 굽으로 일락의 정강이를 걷어찼다. 차라리 헛발질이 나을 정도로 살짝 스쳤을 뿐이지만 일락이 조금 주춤했다. 그 틈을 타 잽싸게 몸을 일으키면서 마노는 팔꿈치로 상대의 가슴을 가격했다. 이번엔 제대로 들어간 듯, 일락이 마른기침을 하며 뒷걸음질했다. 이어서 비틀거리는 상대의 배를 주먹으로 쳤다. 정권에 닿아 출렁거리는 위장의 감각이 상큼하기 이를 데 없었다. 그 충격으로 다리가 접혀 주저앉은 일락의 머리를 걷어차려고 발을 날리는 순간, 다나가 앞을 가로막았다. 발은 다나의 옆구리를 부숴버리기 직전 아슬아슬하게 멈췄다.

"이제 그만해, 제발."

마노는 허탈하게 웃으며 허공에 두 손을 털어보았다.

"기가 막히네. 사람 마음 갖고 장난쳤으면서 그런 말이 나오나요."

"우리가, 내가 다 잘못했으니까, 그만둬."

"그런 얘기 듣자는 게 아니잖아요. 그런 무책임한 말……"

마노는 말을 멈췄다. 책임지지 못할 일, 미안하다는 한마디로 수습되지 않는 일을 저지른 건 지금 자신도 마찬가지였다.

진짜 이러고 있을 때가 아냐.

마노는 아직 쓰러져 있는 일락과 기진맥진하여 쓰러지기 일보 직전인 다나를 내버려두고 학생회실을 뛰쳐나갔다. 복도를 달리며 시온의 단축번호를 눌렀다. 신호음도 없이 바로 안내 메시지가 흘러나온다. 전화기가 꺼져 있어 음성 사서함으로 연결됩니다. 삐 소리가 나면…… 아, 하필이면 이럴 때! 기숙사는 오늘따라 요단 강 너머 멀리 있는 것만 같다.

시온은 반으로 부러뜨린 휴대전화와 메모리디스크를 앞에 두고 휴게실 소파에 앉아 생각에 잠겨 있었다.

"그거 갖고 되겠냐? 아주 물에 담그지그래."

어느새 맞은편에 와 앉은 하상이 빈정거리며 말했다. 시온은 피식 웃고는 부러진 휴대전화를 집더니 하상이 마침 들고 온 머그잔에 떨어뜨렸다.

"아, 새끼. 담가도 꼭 여기다가."

하상은 툴툴거리면서도 전화기 부속품과 디스크 구석구석에 커피가 충분히 스며들 때까지 기나렸다. 그런 다음 손가락으로 전화기를 집어 올렸다. 이미 못쓰게 된 전화기에서는 하얀 김이 모락모락

딱지는 무엇으로 이루어져 있는가 217

피어올랐고, 전화기 끝에서는 갈색 물방울이 뚝뚝 떨어졌다. 하상은 그걸 쓰레기통에 던졌다. 텅, 하고 무거운 금속끼리 부딪치는 둔탁한 소리가 났다.

"이제 그만 신경 써. 고생할 만큼 했잖아. 이왕 이렇게 된 거 어쩔 수 없는 일이고, 그 이전에 네 지나친 걱정일지도 모르지. 혹시 또 알아, 의외로 별일 없이 조용히 지나갈지. 아니면 그냥 누군가의 장난이거나 단순히 하드웨어상 오류일 수도 있잖아."

시온은 아직도 생각에 잠긴 채였으나 말은 다 들은 듯, 확고하게 고개를 저었다.

"아냐. 그냥 오작동이면 이 데이터에 이렇게까지 분명하게 외부 침입 흔적이 남을 수가 없게끔 설정을 해두었거든. 정말 뭐하다 이런 실수를 저질렀을까. 어디서 잘못된 건지 도무지 알 길이 없다니."

"정말 손에서 놓은 적 없어? 화장실 갈 때조차도. 내가 네 룸메이트라고 해서 날 너무 믿은 것 같지는 않아?"

하상이 떠보듯이 말하거나 스스로 이기주의자연하는 데에는 익숙해 있었기 때문에 시온은 웃었다.

"위악도 적당히 떨어야지, 넘치면 오히려 보는 사람이 심드렁해져. 네가 그럴 놈 아닌 거 알아. 그런 수고를 할 성격도 아니고, 무관심으로 일관하든가 코웃음이나 친다면 모를까. 나름 짚이는 데가 아주 없지는 않은데……"

시온은 말없이 식탁 아래로 구른 마노를 잡아 일으키던 때를 떠올렸다. 어딘지 모르게 부자연스러운 각도와 방향으로 쓰러진 몸과 왠지 모를 긴장감이 압축되어 있던 주위 공기를. 어색할 만큼 갑작스럽게 많아졌던, 어쩌면 변명에 가까웠던 구구절절한 말들을. 시온은 고개를 저었다.

"아냐, 됐어. 이제 와서 그런 소소한 거 따지고 있어봤자야. 앞으로 벌어질지 모르는 일을 어떻게든 해야지."

"알았다. 그럼 고민 많이 해라. 달리가 알면 가만있지 않을 텐데."

하상은 커피가 흘러 둘레가 엉망이 된 잔을 들고 먼저 일어섰다. 시온은 손을 가볍게 흔들어 보이고는 소파 등받이에 머리를 기댔다.

그러다 문득, 멀리 휴게실 앞 로비를 가로질러 걸어오는 두 사람을 보고 몸을 번쩍 바로 세웠다. 중고등학교 교사는 물론 사감을 비롯한 기숙사 관계자들도 아니었다. 그들은 명백히 이곳의 지리에 익숙지 않은 외부인의 표지를 드러내며 천천히 다가오고 있었다.

그때 하상은 남은 커피를 깨끗하게 버릴 만한 데를 찾느라 저만치 앞에서 두리번거리고 있었다. 그러다가 하상도 뭔가 눈치를 챈 모양인지, 시온 쪽으로 고개를 돌리며 눈짓하는 대신 동작을 크게 하여 걸어 나가며 은근히 그들 앞을 막는 동시에 시선의 분산을 막았다. 그러자 그들은 마침 잘되었다는 듯이 하상의 어깨를 건드리며 가슴 주머니에서 감색 수첩을 꺼내 보였다. 신분증이었다. 하상은 신분증에서 그들의 얼굴을 올려다보고 다시 신분증으로 눈을 오가며 시간을 끌었다. 키 큰 경찰과 좀 작은 경찰은 외국 버디무비에서 종종 보는 '좋은 경찰 나쁜 경찰' 콤비를 보는 듯했다.

시온은 슬며시 일어나 눈에 띄지 않게 조금씩 뒷걸음질하기 시작했다. 휴게실은 벽으로 막힌 공간이 아니라 로비의 한가운데에 위치하여 사방이 훤히 뚫린 커피숍 같은 형태를 하고 있었으며, 문은 두 개 있었지만 전체 둘레가 가슴 높이까지 오는 금속 바 형태의 구조물들로 되어 있었다. 바를 짚고 뛰어넘으면 바로 눈에 띌 것이다. 빙 둘러서 반대쪽 문으로 살짝 빠져나가야 한다.

하상은 그들이 다른 데로 시선을 돌리게 놔두지 않고, 그들의 눈을 똑바로 올려다보며 물었다.

"네, 알았어요. 그런데 경찰 아저씨들이 무슨 일이신데요?"

"이 애랑 혹시 친구니? 여기서 지내는 애들은 서로 다 잘 안다고 그러던데."

경찰 가운데 키 큰 쪽이 시온의 사진을 내보였다.

"아, 네. 알기야 알지요. 근데 친하지는 않아요. 같은 반이 아니라서. 그런데요…… 일 층 사무실 가서 지문 기록 조회해보면 지금 기숙사 안에 있는지 없는지 나올 텐데요."

관심 없다는 듯이 심드렁하게 대꾸한 꼭 그만큼의 수준에서 접어야 하는데 너무 많이 말했다 싶어 하상이 후회하는 순간, 경찰이 갑자기 태도가 돌변하여 멱살을 붙들었다. 흔들린 잔에서 커피가 흘러 하상의 손을 적셨다.

"아는 척 나불대지 마. 우리가 여기 들어오면서 사무실에 안 들렀을 것 같냐. 같은 반? 그래, 아니겠지. 근데 같은 방 쓰는 놈이 어디서 그따위로 어물쩍 넘어가려고 개수작이야. 너 누군지도 다 알아, 새끼야. 이 새끼 봐라. 눈 하나 꿈쩍 않네."

"선배, 잠깐만요. 저기."

작은 경찰이 부르자 큰 경찰은 하상의 멱살을 밀치고 휴게실 쪽을 넘겨다보았다. 시온은 이제 막 휴게실 문을 나서려는 참이었다.

"뭘 멀뚱히 보고 있어. 잡아."

그때 누군가가 기합인지 비명인지 모를 소리를 길게 지르며 달려와서는 작은 경찰을 등 뒤에서 덮쳐 쓰러뜨렸다. 마노였다. 마노는 양 무릎으로 작은 경찰의 팔을 깔고 앉아 두 손으로 머리를 짓누르고 소리쳤다.

"빨리 가요. 빨리! 이쪽 보지 말고!"

조금 주춤거리던 시온이 몸을 돌렸다.

"뭐야, 이건 또."

큰 경찰은 일단 쓰러진 후배보다는 도망치는 쪽이 급했다. 그러나 그때 하상이 던진 머그잔이 큰 경찰의 이마에 맞고 그는 온 얼굴에 커피를 뒤집어썼다. 눈에 들어갔는지 큰 경찰은 짧은 순간 맥을 추지 못했다. 하상이 눈짓하는 걸 보고 마노는 그 자리에서 작은 경찰의 머리를 들었다가 바닥에 찧어버리고 일어났다. 그리고 하상과 함께 엘리베이터로 달려갔다.

"이 새끼들."

눈을 깜박이다 문지르다 하며 큰 경찰이 뒤에서 쫓아왔다. 작은 경찰도 이마와 코에서 조금 피를 흘리는 채로 비틀거리며 뒤를 따랐다. 마노가 엘리베이터 단추를 아무리 부서져라 두드려도 버튼에 불이 들어오지 않았다. 사감이 엘리베이터 전원을 내려버린 거였다. 시온은 비상계단을 통해 나간 모양이었다.

그때 아이들을 따라잡은 두 경찰이 각각 하나씩 맡아 양손을 뒤에서 틀어쥐었다.

"이 새끼들 날뛰지 못하게 아주 수갑 채워버려."

"인권 침해야."

그 말이 채 끝나기도 전에 차곡차곡 개킨 공기를 단숨에 찢는 듯한 엄청난 파열음이 로비에 울려 퍼졌다. 영문 모르고 오가던 기숙생들이 움찔했지만 곧 신경 끄는 게 좋겠다는 걸 빠르게 알아채고 모르는 척 자리를 떴다.

큰 경찰이 하상의 머리카락을 잡아 바닥에서 일으키며 또박또박 말했다.

"인권이 너희 같은 새끼들 위해서 있는 줄 아냐. 공무 집행 방해. 집어넣고도 남아. 알아? 새끼들아."

그러더니 큰 경찰은 코피를 훔치는 후배를 보고 턱짓했다.

"자네는 계단으로 올라가면서 층마다 살펴. 내려가진 못했을 거야. 비상계단하고 중앙 계단 모두 아래쪽에 두 명씩 더 있으니까."

"와, 씨발, 애새끼 하나 잡는 데만 여섯 명이나 오셨어요. 그러니까 나라가 이 모양이지."

큰 경찰은 다시 하상의 반대쪽 뺨을 때리고는 이번에도 쓰러진 걸 억지로 잡아 일으켰다.

"한마디만 더 조잘대면 그 잘난 주둥이부터 산산조각 내주겠어. 네 부모가 지상에서 뭐하던 인간들인지 내 알 바 아니야. 자식새끼

건드렸다고 해서 경찰하고 한판 떠볼 만큼 위치도 뭣도 되는 부모라면 진작 처음부터 방주 중심가에서 살고 있었을 테지."

큰 경찰은 손을 못 쓰는 두 아이를 앞장세우고 비상계단으로 향했다. 후배가 먼저 신속하게 움직이자 큰 경찰은 그의 등 뒤에다 소리쳤다.

"사감실에 연락해서 방송 내보내라고 해. 방에 있는 새끼들 다 튀어나오라고. 각자 방 앞에 다 서 있되, 방문 다 열어놓고. 화장실까지 싹 다. 계집애들 방이라고 예외 없어. 아래쪽에는 한 명씩만 남겨놓고 다 올라와서 층별로 수색하라고 해. 할 때는 꼭 사감 데리고 같이 돌아. 건방진 애새끼들, 또 인권이 어쩌고 요 지랄하면서 트집 잡을라."

숨 쉴 틈도 없이 명령을 하달하고 나서 큰 경찰은 두 아이의 뒷덜미를 잡고 밀어붙였다.

"물론 내 보기에 녀석이 좀스럽게 남들 방으로 기어 들어가지는 않았을 것 같지만. 너희들은 이대로 옥상까지 쭉 올라가."

"옥상 문은 잠겼는데요."

큰 경찰이 마노의 머리를 쥐어박았다.

"닥쳐. 가라면 가. 윤시온 그 새끼는 내 듣기로 요 건물 안에서만큼은 인간 하이패스라던데. 그래서 이런 것도 미리미리 받아왔단 말씀이다."

큰 경찰은 득의양양하게 웃으며 사감의 패스 카드를 흔들어 보였다.

마노는 하상과 나란히 층계를 걸어 올라갔다. 큰 경찰이 뒤를 따랐다. 마노가 곁눈질로 보니 하상의 코에서 피가 흐르고 있었다. 그 얼굴은 지금이라도 돌아서서 큰 경찰을 밀어 층계 아래로 굴려버릴까 고민하는 것처럼 보였다. 여섯 층을 걸어 올라가는 동안 발걸음은 점점 느려졌지만 그때마다 큰 경찰이 뒤에서 등을 찔러댔다.

옥상 문 앞에 다다를 때까지 아무 일도 일어나지 않았고, 큰 경찰이 사감의 카드를 인식 장치에 대자 문이 열렸다. 그의 짐작대로 멀리 난간 쪽에 시온의 뒷모습이 보였다.

큰 경찰은 무전기에 대고 말했다.

"일 층, 일 층 들어라. 건물 후문 쪽 아래 나무숲에 대기할 것. 구할 수 있으면 매트 같은 거 갖고 와라."

하상이 지금껏 걷느라 뱉지도 삼키지도 못한 채 어정쩡하게 물고 있던 피 섞인 침을 바닥에 뱉어버리고는 쉰 목소리로 외쳤다.

"너 엉뚱한 생각하면 내 손에 죽을 줄 알아."

시온은 돌아섰다. 난간에 기대선 얼굴에서는 이미 혼란과 낭패감은 찾아볼 수 없었고 평화로워 보이기까지 했다.

"가만있어. 자극하지 말고."

큰 경찰이 하상의 뒷덜미를 잡아 뒤로 끌어냈다.

"윤시온. 네가 바라는 게 있을 거야. 그것부터 얘기해보자."

갑자기 큰 경찰은 온몸과 마음이 민심에 활짝 열려 있는 인도주의자인 척하며 앞으로 한 발 나섰다.

"우리 인간적으로 대화를 나누자고. 사람이 조금 우스꽝스럽고 비현실적인 주장을 하더라도 말이다. 절차와 양식을 갖추고 온건하게 얘기하는 한, 웬만해서는 제대로 전달이 되기 마련이다. 전달 방법부터가 틀렸는데 들어주기를 바란다는 건 억지야. 거기 기대지 말고 앞으로 좀 나와라."

"웃기지 좀 마요."

마노가 다가서며 소리쳤다.

"뭐가 비현실적이라는 거야. 아니, 그보다도 대체 뭐가 어디에 전달된다는 거야. 그거 다 속임수인 줄 모를 거 같아."

큰 경찰의 뭉툭한 구두코가 마노의 다리를 걷어질렀다.

"아가리 안 닥치지."

등 뒤에서 층계를 밟고 올라오는 또 다른 어수선한 발소리들이 들려왔다.

"자, 윤시오. 할 말이 있으면 정식으로 문제 제기를 해, 폭탄 말고. 너희들이 아무리 폭력을 써봤자 세상은 바뀌지 않아. 진짜로 사람을 움직이는 건 힘이 아니다. 말이 움직이는 거야."

시온이 실소를 터뜨리자 어깨가 가볍게 위아래로 흔들렸는데 그 모습은 이제 곧 꺼질 듯 흔들리는 촛불과 그것의 무게를 온몸으로 지탱하는 얇고 작은 심지를 떠오르게 했다. 시온은 좀더 비스듬하게 몸을 난간에 기댔다.

"그거 참 속 편한 얘긴데요. 거기 내 친구들 몰골이 좀 멀쩡하기만 했어도 깜빡 속아 넘어갈 뻔했어요. 언제 말로 해서 들어준 적이나 있었나요. 당신들은 언제나 쉽게 말해. 할 말이 있으면 해보라고. 그 뒤에는 '단 우리가 듣고 싶은 얘기만'이라는 전제가 생략되어 있어. 그 밖의 이야기를 하면 지금 저 친구들처럼 밟아버리면 그만이겠고요. 나는 보아오고 배워온 대로 한 것뿐이에요."

시온은 난간 밖으로 고개를 돌렸다. 그가 보고 있는 건 난간 아래 모여들어 웅성거리는 사람들의 움직임이 아니었다. 더 멀리 있는 어딘가였다. 상승의 끝을 가늠할 수 없는 하늘과, 지평선이라는 이름의 편리하면서도 모호한 경계였다.

"그러면 안 돼요. 하지 마요. 거기 내다보지 마요. 제발."

마노는 그렇게 말하면서 자기가 얼마나 비겁한 인간인지를 실감했다. 시온은 이미 일이 어찌된 건지 짐작하고 있을 테지만, 마노는 옆에 하상이 듣고 있어서 미안하다는 말까지를 차마 할 수 없었다.

그때 마노는 보았다. 시온의 얼굴에 희미하게 그어지는 한 줄 미소를. 처음에 그건 체념보다는 무한한 이해나 포용에 가까워 보였는데, 어느덧 그걸 넘어서 진공에 가까운 감정을 머금고 있는 것으로 보였다.

그리고 다음 순간 시온의 몸은 천천히 부드럽게 기울어지더니 허공으로 비눗방울처럼 살짝 솟았다가 눈앞에서 사라져버렸다.

당신이 잠든 사이에

"어제부터 갑자기 더워졌어. 여기 선풍기라도 좀 갖다가 틀어놨으면 좋겠는데, 체온이 내려가면서 세균 때문에 환자가 합병증으로 위험해질 수 있으니까 그러면 안 된다고 간호사 선생님이 그랬어. 하지만 오빠는 더위를 잘 타니까 창문 좀 잠깐만 열어놓을게. 실은 나도 땀 나서 죽겠고."

달리가 창문을 열자 나뭇잎들이 사각거리며 일으키는 미풍이 조금씩 흘러 들어왔다.

"나 너무 오랜만에 왔네. 언제였더라. 우리 모두 정화실에 처넣어지고 나서 풀려난 다음에 처음 왔고, 지금이 고작 세번째구나. 이주 준비를 하느라고 모두 제정신들 아니었거든. 게다가 오빠도 지상의 병원으로 옮겨졌으니 우리 모두 이주가 끝나기 전에는 와 볼 수 없었어. 그동안 와서도 어디 제대로 대화나 나눴나, 나는 멍하니 오빠 얼굴만 내려다보다가 오빠 어머니가 우시는 모습만 보다 갔을 뿐인데. 그런데 그거 알아? 나 있지, 다른 사람들보다 훨씬 일찍 풀려났다. 그거 죄다 내가 만들었는데도, 두인이나 쌍둥이는 말할 것도 없고 안지 언니보다도, 심지어는 거의 외부인 내지는 초대 손님 수준인 하상 오빠보다도 내가 제일 먼저. 진짜 웃기지 않아.

물론 표면적인 이유는 증거가 없다는 거였어. 내가 만든 패치 내부 구조도랑 설계도를 오빠가 복사해가고는 정작 내 폰에서는 지워 버렸잖아. 그런데 사실 근본적인 이유는 다들 짐작하는 대로야. 아무리 내 이름 석 자를 서류에서 삭제했어도, 그자의 딸이라는 건 이런 때만 도움이 되나 봐.

엊그제였나, 그 인간의 가장 말단 비서가 우리 집에 돈 가방 들고 나타나더라. 나는 세상에 태어나서 그렇게 많은 현찰을 본 적이 없어. 비서는 그 인간이 했다는 말을 그대로 읊어주었어. 엄마하고 나, 이 돈 받고 제삼국으로 꺼져버리래. 받든 안 받든 오늘부로 우리라는 인간들이 존재하는 걸 영원히 지워버리겠으며, 앞으로도 생존에 직결된 어떤 지원도 없을 거라고. 그리고 꼭 한 달의 시간을 줄 테니, 둘 중 하나라도 남거나 둘 다 안 나가고 버틸 경우에는 엄마와 나의 대갈통을 사십오 구경으로 쏴서 바람구멍을 내버리겠다고 그랬어."

달리는 잠깐 말을 멈추고 시온의 잠든 얼굴을 내려다보았다. 평화롭고 깊은 잠이어서 그 얼굴은 불행이나 고뇌라고는 모르는 것 같았다.

"바람구멍은 거짓말이야. 한 달 말미를 준 건 사실이지만. 이런 얘기를 하면 혹시라도 오빠가 좀 정신 차리지나 않을까 하고 장난 좀 쳐봤어. 의사 선생님도 그랬어. 환자한테 계속 부지런히 말을 걸라고. 재미있는 얘기도 많이 들려주고. 그게 오빠의 의식을 자극해서 하루라도 더 빨리 이쪽 세계로 돌아오게 한다고.

우리는 기말고사가 시작되기 전에 지상으로 돌아왔어. 그들의 말로는 퇴학이고 추방이지만, 처음 우리의 자리, 있어야 할 곳에 다시 돌아왔을 뿐이니까 별로 억울하지는 않아. 아, 맞다. 하상 오빠는 조금 속이 쓰려 보였어. 그러게 가만히 있으면 가마니인 줄 알고 중간이나 갈 텐데 왜 경찰하고 싸워, 싸우길. 그래도 하상 오빠는 윤시온하고 알게 된 걸 후회하지는 않는다고 그랬어. 안지 언니도 마찬가지야. 다들 머리도 좋고 할 줄 아는 게 적잖은 사람들이니까, 꼭 방주시가 아니더라도 다른 데서 잘 살아갈 수 있겠지. 혹시 또 알아. 옛날 우리 부모님 세대가 그랬던 것처럼, 나중에 다들 커서 어떤 경로가 됐든 국회의원 한 자리씩 하면서 서로 치고받을지.

우리가 앞으로 여기서 어떻게 저 공중정원을 부숴버릴 수 있을지는 모르겠지만, 그래도 괜찮아. 우리는 앞으로 영원히 그곳에 출입할 수 없고 잠깐의 방문조차 허용되지 않겠지만, 나는 그곳의 존재 자체가 영원할 거라고 믿지 않으니까.

우리 같은 생각을 가진 친구들이 두 번 다시 나오지 않을 수도 있겠지. 우리 일 때문에 내년 신입생 모집 때는 지상의 아이들 전형을 대폭 축소하거나 취소한다는 얘기도 있고. 예년의 조그만 시위와는 비교도 할 수 없는 범죄라고 말이야. 덕분에 중학교로 전형을 확대한다던 계획도 쏙 들어갔는데, 너희들은 계속 밑에서 떠들라는 거겠지. 기숙사에 남아 있는 사람들한테 미안하기는 해. 가만 앉아 있다가 돌 맞게 생겼으니까. 실제로 방주고 학생들은 하마터면 폭파될 뻔한 학교 안에 있었다면서 불안에 떨고, 학부모회에서 항의 서한을 전달한 뒤에 사건이 좀 있었어. 기숙사 창문도 여럿 깨지고 걸핏하면 누군가가 기숙사에 불도 질렀어. 기숙생 하면 반에서 은근히 따돌리거나 선생님들도 대놓고 싫어해서 지금도 기숙생들은 기숙생들끼리만 소수로 모여 다닌대. 혼자 다니면 큰일 나지, 다구리 당하게. 덕분에 나 마지막으로 짐 챙겨서 나오던 날은 기숙생들이 나 가는 뒤에다 대고 진짜로 소금 뿌리더라. 우리는 가만히 있었는데 너희들 때문에 피해를 봤다고. 하지만 말이야. 정말로 모두가 무죄에 순결할까? 두 손 놓고 가만 앉아 있는 건 죄가 아닌가? 난 잘 모르겠어.

 그래도 아주 절망적이지는 않아. 우리 사건이 보도되고 나서 안지 언니가 압수당한 자료와 문건들은 알 수 없는 경로를 통해 각종 포털에 공개됐어. 방주시 측의 요청으로 금방 삭제됐지만 한번 공개된 자료는 전염성을 갖고 있으니까. 방주시 상인연합회도 움직였어. 방주에서 재생산되는 불평등과 폭력을 비롯한 폐해 사례들을 조목조목 정리해서 독립 미디어들에 계속 보도를 요청하고 있고, 방주시 노동자조합이 새로 결성됐어. 기존 근로복지조합이라는 이름 달고 있던 어용 노조 말고, 새로 생겨서 복수 노조 체제를 이루게 됐다고. 부피는 터무니없이 큰 차이가 나지만, 방주의 주인들은 골치 좀 아프겠지. 상인들과 노동자들까지 한꺼번에 추방할 수는 없을 테니까. 결국 자기네들 삶을 유지시켜주는 하부 구조가 거기 버티고 있으니.

 내가 절망하지 않는 또 하나의 이유가 있지. 뭔지 알잖아, 오빠. 오빠가 몰래 꾸미고 있던 그것. 오빠는 언젠가 어떻게든 이런 일이 일어날 수 있다고 생각하고 나한테 그렇게 시켰던 거지?

 ……있잖아, 오빠. 마노 말인데. 그 녀석. 사실 나는 이 모든 일이 엉망진창이 되고 나서 추방령이 진행되기까지. 그 녀석 탓을 할 새도 없었고 하고 싶지도 않았어. 안지 언니도, 하상 오빠도 마노한테 뭐라고 하지 않았어. 다들 이구동성으로 말하길, 누구 탓으로 돌리는 거 시온이가 바라지 않을 거라고 그랬어. 일이 이렇게 된 건 우리가 힘이 없었기 때문이라고. 물리력뿐만 아니라 서로에 대한 일종의…… 감각과 감정의 공유가 부족한 거였다고. 하상 오빠가 얼마나 얄밉게 말했는지 몰라. 어차피 실패할 거 자기는 예상했다나. 기숙생 전체의 힘을 모은 게 아니라 소수 분자의 테러에 지나지 않았으니, 사회학적 측면에서도 예고된 실패였다고 그러는 거야.

 우리는 정화실에서도 개별실에 갇혀서 말 한마디 새어나가지 않는 독방에서 성화만 독대하고 읽지 않을 성경 표지를 물끄러미 바라봤어. 나중에는 성화 속 인물들이 살아 움직이거나 나를 노려보는 것 같더라. 어떻게 거기 일주일이나 있었어, 오빠는. 거기서 나오고서도 조사실에 따로따로 떨어져 불려 들어갔을 정도로 감시가 붙어서 둘 이상 전혀 모일 수 없었는데, 마노 녀석이 안지 언니랑 하상 오빠랑 두인이한테 나중에 개별적으로 찾아가서 사과하고 다닌 모양이더라고. 걔 좀 서늘하기는 했을 거야. 그들 중 누구도, 딱히 욕을 하거나 탓하지는 않았지만 그렇다고 해서 괜찮다고도 하지 않았다니까 말이야. 순전히 침묵으로 일관했거든. 그게 마노더러 입 닥치고 찌그러져 있으라는 뜻은 아니었고, 마노한테 억하심정이 안 생긴 것도 아닌데, 다만 너무 당혹스러워서 어떻게 반응을 보여야 할지를 몰랐을 뿐이래, 다들. 시온이 생각을 하면 이 녀석하고 멱살잡이를 할 수는 차마 없고, 마음 같아선 한 대 쳐주고 싶고, 뭐 그런 느낌 있잖아. 그런 생각들이 오락가락하다 결국 아무 말도 못하고 멀뚱히 바라만 보았다고. 마노는 적어도 그걸 마음 편히 용서받았다고 간주할 만큼 뿌리까지 썩은 녀석은 아닌 것 같았어.

그런데 더 웃기는 건 뭔지 알아. 나머지 학생들의 반응이었어. 원래대로라면 폭파될 뻔한 학교를 위기에서 구해낸 마노가 영웅 대접을 받아도 모자랄 텐데, 기숙생이고 방주 인간이고 간에 죄다 녀석을 공기 취급하기 시작한 거야. 아무도 그렇게 하라고 지시를 내리지 않는데도, 모두의 마음속에는 폭파 모의범들보다도 배신자 쪽이 더 상종할 가치가 없다는 생각이 들어 있는 듯했어. 아마 오빠가 거기서 떨어지지만 않았더라도 녀석이 그렇게까지 낙인찍히고 마음고생할 일은 없었을 텐데. 뭐 딱히 동정하지는 않아, 박쥐 녀석의 말로인걸. 그 녀석이 그런 짓을 해야만 했던 데에는 이유가 있겠지만, 그래 봤자 남들이 그 이유까지 어디 알고 싶어 하나. 다른 사람들

눈에는 조그만 무리 안에서 배신자 하나 나온 사실만 눈에 보일 뿐인데.

그런데 그 녀석, 그대로 기가 팍 죽어서 숨죽이고 지낼 줄 알았는데 끝까지 뻔뻔해서 나도 놀랐다니까. 짐 싸던 날에 나한테 나타나서 첫마디가 뭐였는지 알아.

'왜 가만히 있었어. 어째서 말하지 않았어. 네가 바로 그 아이라고. 그걸 알려주었더라면 나는 조금쯤은 다르게 행동했을지도 모르는데.'

그래서 나도 대답해줬어.

'이제 와서 그런 게 뭐가 중요해. 나는 거의 처음부터 너를 알아봤어. 하지만 너는 나를 알아보지 못했지. 그게 단지 내 모습이 바뀌었기 때문일까. 천만에. 나는 기껏해야 머리 좀 자르고 머리 색이 변하고 상처 좀 났을 뿐이야. 네가 나를 알아보지 못한 이유는, 아니 그럴 거라는 짐작 이전에 의심조차 해보지 않은 건, 나를 색안경 끼고 보고 있었기 때문이야. 너는 여기 입학해서 나라는 인간을 똑바로 보기 전에 나에 대한 더러운 소문을 먼저 들었겠지? 로열패밀리고 남자 한 트럭이고 간에 그런 소문에 대해 사실 여부를 너한테 해명할 필요도 못 느껴. 네가 꿈에서 그리워하던 건 아무런 결점도 없는 고상한 '이곳 사람'이지 내가 아니야. 네가 찾으려던 건 환상이고, 실제의 나는 여기 이런 모습으로 있었다고, 계속. 물론 나도 아주 잘했다고는 말하지 않겠어. '여기 사람'이라는 말로 너한테 착각의 여지를 남겨주었으니까. 사실 그때만 해도 나는 어린데다 순진해빠져서 엄마한테 등 떠밀려 그 인간한테 찾아온 참이었기 때문에, 우리가 그 인간의 가족 일원으로 인정받는 줄로 알고 있었어. 그리고 '여기 사람'이 되는 거라고 믿었지. 그런데 현실은 그렇지 않았어. 무엇보다 엄마와 함께가 아니라 나 혼자 불러들인 것부터가 이상했는데, 그 인간이 나를 일원으로 받아들이는 데에는 조건이 있었거든. 엄마를 버리고 오라는 거였어. 그리고 스물다섯 살까지 그늘에 있으면서 시키는 대로만 하면 된다는 거였어. 너 같으면 무얼 선택했을까. 기회를 차버렸다고 엄마는 울었지만 나는 내 결정에 후회하지 않아. 내 사정은 어쨌든 간에 결과적으로 나는 거짓말쟁이가 된 셈이고 네가 원하는 바로 그 모습으로 나타난 것도 아닌데, 뭐하러 너한테 나서서 사실을 말하겠어. 말했다면 네가 믿기는 했을까. 이미 편견에 사로잡힌 비좁은 시선을 가진 사람한테, 말했다면.'

녀석은 한동안 대답을 못하고 머뭇거리기만 했어. 그래서 너와는 더 이상 상대할 생각이 없다는 뜻으로 내가 쐐기를 박아주었지. '이제 만족해?' 하고 말이야. 그랬더니 고개를 젓더라, 주제 파악도 못하고.

'이런 거 물어볼 자격이 없는 건 아는데…… 마지막으로 하나만 더. 시온 형하고는 쭉 사귀었어?'

와, 나 그 순간 진짜 그 녀석 한 대 패주고 싶더라. 지금 누가 누구 때문에 병원에서 잠들어 있는데, 감히 오빠 이름을 입에 올리다니.

'네가 그건 알아서 뭐하게. 그러거나 말거나 이제 와서 내가 너한테 광장의 그녀가 될 수 없다는 사실쯤은 알 텐데.'

마노가 더 이상 자기한테 잃을 것이 남지 않았다고 생각했기 때문에 그냥 마지막으로 한번 물어봤을 뿐이라는 정도는 알아. 지푸라기를 잡을 생각도 없고, 이제 와서 나하고 뭘 다시 어떻게 해보겠다는 속셈도 아니고 말 그대로 무목적, 무심코, 지나가는 인사 차원에서. 그래도 난 오빠의 이름이 나왔다는 사실만으로도 녀석을 매몰차게 밀어낼 이유가 충분했어.

그렇게 마노는 루비랑 같이 먼저 지상행 엘리베이터를 탔어. 결국 모두가 지상에 내려와서 만날 수 있게는 되었지만 나는 되도록 안 만나고 싶어. 아마 안지 언니나 두인이도 그렇게 생각하지 않을까. 우리가 서로를 다시 본다는 것은, 우리가 경험한 패배의 순간을 철저하게 되살리고 영원히 잊지 않는다는 뜻이니까. 열일곱, 여덟밖에 안 되는 우리가 과연 그 각인을 견딜 수 있을까. 우리는 의도하지 않아도 점점 멀어져갈 거야. 오빠가 여기 잠들어 있는데다 내가 떠나면 더 이상의 구심점은 없을 테고.

적어도 오빠가 깨어나는 걸 보고 갔으면 좋겠는데, 그게 언제가 될지 모르니 그 인간이 거기까지는 기다려줄 수 없다고 사람 시켜서 말을 전하더라. 하지만 오빠 어머니한테 자주 연락할게. 어머니도 오빠한테 뭔가 변화가 있으면 전화 준다고 하셨어. 그러면 나는 밀입국자가 되어서라도 오빠를 보러 올 거야.

지난번에 안지 언니랑 하상 오빠가 같이 다녀간 건 혹시 알까?

그런데 말이야, 사실은 둘이 돌아간 다음 마노가 혼자 왔더랬어. 그건 모르겠지. 내가 문밖에서 쫓아냈으니까. 너한테는 시온 오빠의 안부를 물을 자격이 없다고 그랬어. 지금 생각해보면 내가 오빠 생각을 알 수 없는데, 그런 자격을 따질 자격이야말로 나한테 없었지. 그래서 조금은 후회해. 다시 오면 아마 나는 오빠와 녀석을 만나게 해줄지도 모르지만, 그때 그렇게 보냈으니 다시는 안 오겠지. 마노는 말이야, 나중에 깨어나서 오빠 발로 일어나 직접 만나. 그게 낫겠지. 그러니까 꼭 일어나야 해."

그때 낮고 무겁게 두 번, 문 두드리는 소리가 났다. 달리는 말을 멈추고 문을 바라보았다. 들어오라거나 여기 사람이 있다거나 대답을 하지 않았으나 왠지 누군지 알 것 같았다. 양반이 되기는 평생 그른 녀석.

문이 열렸을 때 달리는 눈짓으로도 인사를 건네지 않고 대뜸 물었다.

"너 내가 뭐라고 했는지 기억해?"

"다시는 그 낯짝 들이밀지 마……였지."

"잘 아네. 그런데?"

"안다고 해서, 해야 할 걸 안 할 수는 없어서."

"뭘 해야 하는데? 너 정말 끝까지 이기적이구나."

"오해하지 마. 서둘러 빚을 청산하고 내 마음 편해지겠다는 심보는 아니니까. 다만 네가 얼마 있다가 외국 나간다기에."

"그래. 누구 덕분에 쫓겨 가게 됐지. 이렇게 움직이지도 못하는 사람을 놔두고. 어차피 오래 있을 생각은 아니었지만 방주에서 쫓겨난 걸로 모자라서 나라 밖으로."

"미안해."

"무슨 대답을 듣고 싶은데?"

"아무것도 바라지 않아. 들어만 줬으면 좋겠어. 적어도 이게 내 마음이야. 진심으로 미안해."

"일을 이 지경으로 만든 데 대해서 말이지."

"그건 시온 형이 깨어나면 형한테 할 말이고. 나는 나름대로 어쩔 수 없는 선택이었지만 이 사람한테는 죽을죄를 지었기 때문에, 이 사람이 깨어나든 잠들어 있든 간에 어떤 방식으로든 갚으면서 살아가려고 해. 내가 저지른 실패의 결과를, 두 눈 똑바로 뜨고 바라보면서 살 거야.

너한테는, 그냥 다 미안해. 네가 말한 대로야. 나는 환상을 쫓았을 뿐이지 한 명의 인간을 찾았던 게 아니야. 만일 너라는 인간을 처음부터 제대로 보고 있었더라도, 루비를 걸고 협박을 받았다면 나는 마찬가지 선택을 했을지 모르지만 적어도 너나 시온 형한테 도와달라는 한마디쯤은 했겠지. 그래도 모든 게 다 내 잘못이야."

"이제 와서 그렇게 말해봤자야."

"본론은 이제부터야. 네가 가고 나면 나는 되도록 시온 형을 자주 들여다볼 생각인데 괜찮을까. 현실적으로 시온 형 어머님은 스물네 시간 일하시지, 너는 없지, 그렇다고 하상 형이나 다른 사람들이 매일 올 수 있는 것도 아니지. 이런 조용한 데다 혼자 놔두면서

의료진하고 간병인만 들락거린다는 게 마음에 걸려. 맹세해도 좋아, 시온 형이 눈 뜰 때까지 나는 언제까지고 올 수 있어."

"흠. 그거야 오빠 어머니께 여쭤볼 일이지 왜 나한테 이러는지는 모르겠지만, 만약 오빠가 깨어나서 제일 처음 보는 얼굴이 너라면 그건 그것대로 짜증스러울 것 같은데."

"그러면 한 대 치겠지. 그게 내가 기다리는 거기도 하고."

"오빠는 그런 사람 아니야."

"알아."

"그리고 깨어났을 때 과연 너 같은 애를 기억이나 할지, 정상적인 상태일 거라고 장담할 수도 없고."

"……그것도 알아."

"아니, 너는 몰라."

달리는 그동안 의사가 해주었던 이야기를 조각조각 머릿속에서 맞추어보았다. 아무런 장담도 할 수 없지만 분명한 것은 시온이 깊이 잠들어 있다는 사실뿐이다. 산소호흡기가 필요 없을 정도로 정상적으로 숨 쉬고 있으며, 뇌를 비롯해 각 신체 부분의 스캐닝 결과에서는 특별히 위중한 이상이 발견되지 않는다. 뇌졸중 등의 사례와는 달리, 잠에서 깨어나지 않는 이유에 대해 명확하고도 의학적인 자료를 만들지 못하는 사례에 속한다. 그럼에도 의사는 희망적인 관측 대신 이렇게 결론을 내렸다.

—재채기 같은 반사작용에 희망을 거시는 보호자 분들 보면 저도 안타깝습니다. 다만 지금 사진상으론 뇌에 거의 문제가 안 나타나

니까 좀 두고 보자는 거지요. 외과 의사가 이렇게 말하기는 조심스럽지만 그야말로 정신적인 문제라고도 봅니다. 현실을 도피하고 싶은 순간에 큰 사고를 당했으니 제가 그 입장이라도 거기서 그대로 푹 자고 싶지, 이쪽 세계로 눈 뜨고 돌아오고 싶지 않을 거란 말입니다…… 뭐, 부모님께서 우리 아이는 그런 무책임한 애가 아니라고 하신다면 저로서는 더 드릴 말씀이 없습니다만. 아무튼 기침이나 하품 같은 거 말고, 손가락을 두 개 이상 움직여서 유의미한 손짓을 하거나 다리를 굽힌다든지 하는 명확한 변화가 관찰되면 바로 그게 우리가 기다리는 기적이자 희망이라고 할 수 있겠지요. 눈을 뜬다면 더 말할 것도 없고요. 너무 조급해하지 마시고 지켜봐주시면.

"관두자. 네 마음은 알겠지만 언제 일어날지 모르는 사람을, 그거 보통 결심 가지고 되는 일 아니야. 이벤트로 한두 번 와보는 거면 서로한테 좋지 않아."

"내가 한 짓을 생각하면 네가 그렇게 말하는 것도 무리가 아니지만, 그래도 가벼운 마음으로 하는 말 아니야."

달리는 마노의 수척한 얼굴에서 빛나는 진심을 읽었다. 그동안 마노가 겪었을 마음고생이 어느 정도 짐작되었다. 서로에게 일어난 일들을 대차대조표로 작성하고 결산을 낸다면 마노가 지고 있던 짐도 결코 가볍지는 않을 터였다. 누이의 납치와 일락의 협박, 거기다 교묘하게 만들어놓은 가짜 여주인공까지. 시작의 이유가 어쨌든 마지막 선택은 스스로 했지만, 마노는 지금 그 때문에 틀어진 일들과 수정 불가능한 오류들을 자신이 계속 응시하는 행위로 감당하겠다고 말하고 있었다.

"속 편한 속죄로밖에 안 보이니까 다시 생각하고 얘기해⋯⋯ 일단 늦었지만 인사나 해."

달리는 시온의 상반신이 마노에게 잘 보이도록 침대 옆에서 살짝 비켜섰다.

"수다스럽다 싶을 정도로 말을 많이 해봐. 그게 뇌를 자극하거나 길 잃고 방황하는 신경들을 연결할 거야."

마노는 철제 접의자에 앉아 시온의 잠든 얼굴을 내려다보았다. 마노가 아무 말도 없이 그대로 있기에 달리는 병실 창문을 닫고 몸을 돌렸다.

"뭔가 말할 거면 나는 나가 있는 게 좋겠지."

"그대로 있어."

말, 안 할 거야? 달리는 물음을 삼켰다. 마노가 눈물을 흘리고 있었다.

야, 울지 마. 보는 사람 뚜껑 확 열리니까. 눈물 흘릴 수 있는 사람은 차라리 속 편한 거야. 오빠 어머니는 눈 뜨고 걸어다녀도 망연자실에 혼수상태나 다름없다고. 달리는 쏘아주는 대신 슬그머니 뒷걸음질했다.

그러면서 달리는 마노에게 말할까 말까 망설이다 결국 고개를 끄덕였다. 전적이 있는 녀석인 만큼 섣불리 말해도 될 일이 아니었지만 어차피 지금은 다 같이 방주에서 하선한 입장이라 더 이상 배신을 때릴 것처럼 보이지는 않았다. 이 병실 밖으로 나서면, 둘이 나란히 산책이라도 해야지. 그리고 말하는 거야. 이 사람은 잠들어 있지만 이 사람이 꾸며온 일이 완전히 수포로 돌아간 건 아니라고 말야. 나는 폭약을 두 배로 만들었고, 두인이는 두 종류의 타이머를 만들었지. 그것들이 어디에 붙어 있는지는, 지금 깨어나지 않는 이 사람의 머릿속에만 들어 있다고. 두번째 타이머는 개교기념일 아닌 방주시 창립 기념일에 맞추어진 시각이며, 개교기념일에 집중하던 사람들의 의표를 찌르기엔 부족함이 없다고. 데이터에 의존해서 폭탄을 수거해놓고 안심할 만큼 머저리들은 아니니 학교 측에서는 데이터 외의 다른 장소에 붙어 있는지 계속 찾겠지만, 그건 백사장에서 동전 찾는 정도로 쉽지 않은 일이라고. 모든 데이터는 변수가 존재함으로써 비로소 유의미해지는 법이라고 말이다.

한참을 침묵하고 있다가 마노는 이불 밖에 가지런히 놓인 시온의 손등에 떨어진 눈물을 닦고 일어났다.

"가려고? 커피나 마시고 가라. 나도 좀 쉬어야겠고."

뜻밖에 달리가 붙잡는 데에 마노는 조금 의아한 얼굴을 했으나 곧 그런 제안을 해준 것만으로도 황송하다는 표정으로 바뀌었다.

달리는 문을 열었다. 소독약 냄새가 풍기는 복도로 한 발 내밀었다. 건물 밖으로 나서면, 한때 뒤틀리고 일그러졌으나 아주 조금씩 제 모습을 찾아가고 있는 자연의 공기를 마실 수 있을 터였다. 이제 막 내리기 시작한 비를 맞을 터였다. 방주를 떠나오지 않았다면 언제고 잊어버렸을 것들이었다.

'첫번째 폭죽이 터지면 뒷일은 그때 생각해보자고.'

달리의 입가에 살짝 미소가 머금어졌다.

마노는 달리를 따라 나서며 뒤를 다시 돌아보지 않고 병실 문을 닫았다.

그래서 미처 알아차리지 못했다. 자기의 눈물이 떨어진 그 자리, 거기서 작고 가벼운 떨림이 일어나 눈에 띄는 움직임으로 조금씩 이어지고 있는 모습을.

작가의 말

아픈 손가락이 될 것 같다. 그 통증이, 어쩌다 보니 좀더 있는 힘껏 물어뜯어 유혈 사태를 내지 못했다는 데에서 비롯되는, 그러니까 실은 미처 돌아봐주지 못해 안쓰러운 손가락일지도.

매번 비슷한 농도의 아쉬움을 남기고 가면서도, 당신들 덕분에 다음번 폭탄을 꽂을 지점을 찾아낸다. 조금도 서두를 필요 없다. 삶은 점화, 이 순간은 연소. 언젠가 다 타올라버리고 재가 되는 그날까지 가능한 유일한 행위는 투척.

재작년, 마지막까지 휴지통에 버리기를 고민했던 원고를 끄집어내어 먼지를 탈탈 털어준 종국 선배에게 미안함과 고마움을 전한다. 거기에 풀 먹여 다림질까지 해준 희경 씨는 더할 나위가 없고.

첫 만남 이후 8년째 나의 소소한 일상 변천을 목격하며 내일 당장 뒷목 잡고 쓰러질 것처럼 엄살을 피우는 내 건강을 끊임없이 문의해 준 근혜 선배도. 이들 덕분에 소설가들 사이에서 종종 '영광의 빨간 딱지' 내지는 어떤 도저한 상징으로 통하는 휘장과도 같은 로고, 나도 한 번 달아보게 됐다. 그럴 만한 가치가 있는 글이었어야 하는데.

첨언하자면 이 이야기는 미래가 아닌 현재의 가정법이다. 소설에 어떠한 연도도 기입하지 않은 건 이 때문이며 이것만은 분명히 해 두고 싶었다.

2012년 1월

구병모